徳間文庫

観相同心早瀬菊之丞

早見　俊

徳間書店

目次

第一話　毒の戯れ

一

天保《てんぽう》二年（一八三一）の残暑はひときわ厳しかった。

暦の上では秋を迎えた文月《ふみづき》十五日の朝だが、強い日差しが降り注ぎ、蜩《ひぐらし》の鳴き声がかまびすしい。

十手持《じっても》ち、薬研《やげん》の寅蔵《とらぞう》は南町奉行所の同心詰所にやって来た。歳は四十、練達の岡っ引である。両国《りょうごく》の大川に沿って広がる薬研堀に住んでいることから、「薬研堀の親分」とか、「やげ寅」などと呼ばれていた。背は高くはないが、がっしりとした身体《からだ》、浅黒く日に焼けた顔は鼻筋が通り、いわゆる、「苦み走った」好《い》い男であった。

同心詰所は表門である長屋門のすぐ脇にあり、名前が示す通り、定町廻《じょうまちまわ》り、臨時廻りの同心たちの詰所だ。町廻りに出る同心たちの情報交換や憩《いこ》いの場であった。

　土間に縁台が並べられた殺風景の空間ながら、八丁堀《はっちょうぼり》の旦那の放つ活気に満ち溢《あふ》れている。

「おお、やげ寅」

　顔見知りの定町廻り同心から声をかけられた。工藤数右衛門《くどうかずえもん》という年配の男である。

「早瀬《はやせ》の旦那の弟さんにご挨拶《あいさつ》に来たんです」

　寅蔵は辞を低くして言った。

　工藤は小さくため息を吐《つ》き、

「早瀬宗太郎《そうたろう》……惜しい男を亡くしたな」

「まったく、あんな好い旦那はいらっしゃいませんでしたよ。誠実無比、剣の達人、強きを挫《くじ》き、弱きを助ける……八丁堀同心の鑑《かがみ》のようなお人でした」

　寅蔵もしんみりとなった。

　手札を与えられていた早瀬宗太郎は先月一日、労咳《ろうがい》で死んだ。享年《きょうねん》三十という若さだった。

　宗太郎に代わって弟の菊之丞《きくのじょう》が早瀬家の家督《かとく》を継ぎ、定町廻り同心の役目も担《にな》う。寅蔵は菊之丞に手札を貰《もら》い、岡っ引を続けることになった。

「宗太郎の旦那の分まで尽くしますよ。菊之丞の旦那の手足となります」

腰の十手を抜き、寅蔵は決意を示した。

すると工藤は思わせぶりの笑顔を浮かべ、

「おまえ、菊之丞に会ったことはあるのか」

「いいえ……菊之丞さんは八年もお宅を留守にしておられたとか。何でも上方《かみがた》にいらしたそうですね」

寅蔵は工藤を見返した。

「上方で何をしていたか知っているか」

「さあ……武者修行ですか」

寅蔵が首を傾《かし》げると、

「観相《かんそう》だよ」

工藤は噴き出した。

「観相っていいますと、占いですか」

意外な思いで問い直すと工藤は首肯《しゅこう》し、

「なんでも、大坂には水野南北《みずのなんぼく》という観相の大家《たいか》がいるそうだ」

「その大先生の下で八年も観相の修業をなさったんですか」

「人を見る目を養う為にな、髪結い床、風呂焚《た》き、火葬場で働いたそうだぞ」

「へ～え、それで、観相を習得なさったんですか」

「本人は、黙って座れば、ぴたりと当たるって、豪語しているよ」

返してから、

「噂《うわさ》をすれば影、だ」

工藤は出入口を見た。

寅蔵も出入口に視線を向ける。

「ええっ……」

思わず寅蔵は驚きの声を漏《も》らしてしまった。

力士のような大男が入って来たのだ。六尺に近い高身長で肩幅も広いが、腹は引き締まっている。いわゆる、ソップ型の相撲取りのようだ。でかいのは身体ばかりではなく顔もだった。

岩のような巨顔、眉は太くてぎょろ目、大きな鷲鼻《わしばな》に分厚い唇《くちびる》、大言壮語、そして大きな顔を支える猪首《いくび》、見る者を威圧する面相だ。柔和《にゅうわ》な顔立ちであった宗太郎とは大違いの悪党面《あくとうづら》である。歌舞伎役者が悪役を演じる際に、こんな化粧をするのではないかと思わせもした。

工藤に促《うなが》され、

「菊之丞の旦那でいらっしゃいますか。あっし薬研の寅蔵と申します」

寅蔵は腰を折った。

「おお、寅蔵か。よろしくね。おまえさん、やげ寅で通っているんだってね」

気さくな調子で菊之丞は語りかけた。

「ええ、まあ、そう呼ばれています」

寅蔵が答えると、

「わたしははげ寅と呼ぶよ。だって、おまえさん、頭の天辺《てっぺん》が薄いものな。十年もせず、髷《まげ》が結えなくなるよ」

菊之丞は寅蔵が気にしていることをずけずけと言った。

「どうぞ、ご随意に」

不承不承、寅蔵は受け入れた。

「はげ寅」

早速《さっそく》、菊之丞は呼びかけた。

返事はせず、無言で寅蔵は見返した。

「今朝、夫婦喧嘩《げんか》をしてきたな」

意表をつかれ、寅蔵は言葉に詰まった。実は出がけに些細《ささい》なことから女房のお仙《せん》と言い争いをしたのだ。

「どうしておわかりに……あっ、観相ですか」

寅蔵は上目遣いに問いかけた。

「観相を使うまでもないよ。おまえさんの左頰《ひだりほお》、剃刀《かみそり》の傷跡がある。髭剃《ひげそ》りにしくじったんだ。おまけに、羽織の紐が切れそうだ。つまり、わたしに挨拶するんで身形《みなり》を調《ととの》えようとしたんだが、女房と喧嘩したから、羽織は繕《つくろ》って貰えず、かっかしているから髭剃りにも失敗したというわけさ」

菊之丞は引き締まった腹を手でぽんぽんと叩《たた》いた。

「お見事な推量です」

寅蔵は頭を下げた。

「推量じゃないよ。ただの当てずっぽってもんだねえ」

菊之丞は呵々大笑《かかたいしょう》した。

悪党面に悪戯《いたずら》坊主が大人をからかった時の得意そうな笑みが浮かんだ。

口が悪く、得体の知れない大男だが寅蔵は菊之丞に好感を抱いた。

こうして、早瀬菊之丞と薬研の寅蔵の探索活動は始まった。

二

五日後の二十日、菊之丞と寅蔵は初めての事件に遭遇した。

二人は日本橋《にほんばし》の料理屋伊勢兆《いせちょう》にやって来た。

檜《ひのき》の香りが漂う高級料理屋である。

「こりゃ、すげえ料理屋ですね」

寅蔵は感心した。

「はげ寅なんか、生涯、縁がないだろうねえ」

ずけずけとした菊之丞の物言いに寅蔵は嫌な顔をし、

「わかってますよ、どうせしがない十手持ちですからね」

と、不満顔で返した。

「何も卑下《ひげ》することはないよ。おまえさんだって立派に世の中の役に立っているんだ。頼りにしている者も少なくないだろう」

寅蔵に下げたり上げたりの言葉をかけ、菊之丞は門口から中に入った。

「別に卑下はしてねえんですがね」

独り言のようにつぶやくと寅蔵は菊之丞に続いた。

玄関で女将《おかみ》のお紗枝《さえ》が待っていた。

「お疲れさまでございます」

お紗枝の顔は蒼ざめ、唇が震えている。

思いもよらない毒殺事件、しかも、被害者が直参《じきさん》旗本であれば平静ではいられまい。

「毒殺の現場は……」

寅蔵は現場に足を向けようとしたが、

「まず、ざっとした話を聞こうか」

菊之丞はお紗枝に言った。

「そりゃ、ごもっともで」

寅蔵は逆らわずに受け入れた。

お紗枝の案内で帳場に入った。

高級料理屋だが帳場は質素な造りの八畳間だ。装飾の類《たぐい》はなく、実務そのものの部屋といった風である。

「わたしは南町奉行所、定町廻りの早瀬菊之丞と申す」

と、名乗ってからお紗枝を見返し、

「菊之丞って、不似合いな名前だって思っただろうねえ」

と、わざわざ問いかけた。

菊之丞の大きな顔を見て反射的にお紗枝はうなずきかけたが、

「いいえ、滅相もない」

右手を強く左右に振って否定した。

「いいよ、自覚しているんだから。菊之丞なんて役者みたいな名前に対してこのわたしはご覧の通りの力士のような大きな顔と身体、肌は浅黒いときているんだからねえ。でも、これはわたしのせいじゃない。こんな顔に産んだ親と名付けた伯母《おば》に文句を言ってもらいたいねえ」

がはは、と菊之丞は呵々大笑した。

「文句だなんて……」

困った様子でお紗枝はうつむいた。

「それから、こいつはわたしが手札を与えている十手持ちで薬研の寅蔵、通称やげ寅、わたしは、はげ寅って呼んでいる。頭が薄くなっているだろう」

続いて寅蔵を紹介したがお紗枝は困惑するばかりだ。寅蔵も不満顔で軽く頭を下げた。

微妙な空気が漂った後に、菊之丞に促されてお紗枝から毒殺の経緯が語られた。

被害者は直参旗本二千石、小普請組《こぶしん》の新堂監物《しんどうけんもつ》である。

「新堂ってお旗本、常連さんかい」

気さくな調子で菊之丞は尋ねる。

「はい、ちょくちょくご利用頂いております」

どぎまぎしながらお紗枝は答えた。

「ごめん、ごめん、話の腰を折ってしまったね。疑念に感じたことは後で聞くよ」

菊之丞は断りを入れた。

改めてお紗枝は語り出した。

新堂監物は離れ座敷で宴を催していた。同席したのは弟の勘解由《かげゆ》の他、贔屓《ひいき》にしている歌舞伎役者の大森仁右衛門《おおもりにえもん》、芸者、幇間《ほうかん》、そして呉服屋、三河屋《みかわや》の主人清兵衛《せいべえ》である。三河屋は新堂家出入りの商人であり、宴の費用を負担していた。

宴が始まり、半時程が経過した。盛り上がりを見せる宴の最中、突如として監物が苦しみ出した。

すぐに勘解由が介抱したのだが間もなく監物は血を吐き、畳をのたうち回った。一同は騒然となり、三河屋清兵衛が医者を呼びに行った。腰を抜かさんばかりに慌《あわ》てふためいた大森仁右衛門や芸者、幇間は別室で控え、勘解由が監物の介抱を続けた。勘解由は必死で吐かせようと苦闘したが、医者小幡草庵《おばたそうあん》が駆けつけた時には息絶えていた。

草庵の診立《みた》てでは石見《いわみ》銀山による中毒死であった。実際、監物が飲んだ酒が入った蒔絵《まきえ》銚子から石見銀山が検出されたそうだ。

「その宴に参加していた者は、今も待たせているんだね」

菊之丞が確かめると、

「はい……」

力なくお紗枝は首を縦に振った。

常連客の直参旗本が毒を盛られて死んだ、せめてもの慰《なぐさ》めは料理に当たったのではない、ということだろう。しかし、毒殺事件が伊勢兆の評判に悪影響をもたらすのは必至である。お紗枝の受けた衝撃は計り知れない、と寅蔵は思った。

そんなお紗枝に、

「それで、毒は何の毒だったのかな」

菊之丞は確かめた。

石見銀山だと話したではないか、とお紗枝は戸惑いと不満の入り混じった表情とな

ったが答えないわけにはいかないと、

「石見銀山だとお医者さまはお診立てになりました」

と、丁寧《ていねい》に答えた。

「本当かねえ……」

疑わしそうに菊之丞は首を捻《ひね》ってから、

「河豚《ふぐ》だったのじゃないのかな」

と、質《ただ》した。

お紗枝は目をむき、

「そんな……手前どもでは、河豚は出しておりません」

強く否定した。

この時代、河豚は美味だと評価されてはいたが、その毒性により幕府は料理屋で出すことを禁じている。とはいえ、こっそり食する者はいるし、提供する料理屋もあった。

「そうか……ま、いいだろう。そなたを信じよう。それに、医者の検死もあるだろうからね。では、件《くだん》の座敷に案内してもらおうか」

菊之丞は腰を上げた。

寅蔵も立ち上がる。

離れ座敷には弟の勘解由と医者の小幡草庵が残っているそうだ。大森仁右衛門と芸者、幇間は別室で控えている。


お紗枝の案内で離れ座敷に向かった。

渡り廊下で繋《つな》がった座敷は周囲を濡《ぬ》れ縁《えん》が巡る御堂のような造りであった。葺《ふ》かれたばかりの真新しい屋《や》根瓦《ねがわら》が強い日差しを弾き、枝ぶりの良い赤松が影を落としている。赤松の影と軒先に吊るされた風鈴の音色が残暑の厳しさと殺害現場の陰惨さを和《やわ》らげていた。

「う〜ん、これは悪いね」

菊之丞は離れ座敷を見ながら言った。

「はあ……」

お紗枝は目を白黒とさせた。

「観相からして、あの方角に座敷を造るのはよくない。気の流れからしてね」

観相を語ると菊之丞は渡り廊下を進んだ。

すっかり、しおれてしまったお紗枝に、

「まあ、気になさらねえで」

寅蔵が声をかけ、菊之丞に続いた。

菊之丞は座敷に足を踏み入れた。黒の十徳《じっとく》姿の医師小幡草庵と新堂勘解由が待っていた。勘解由は眉目秀麗《びもくしゅうれい》の若侍といった風貌《ふうぼう》で、小袖《こそで》に袴《はかま》、残暑厳しい昼下がりというのに黒紋付を重ねた身形には一切の乱れがない。ただ、白足袋《しろたび》はどす黒く汚れていた。おそらくは、兄監物の血痕であろう。

そんな二人よりも座敷の真ん中で倒れている新堂監物が強烈な印象を与えている。断末魔の形相《ぎょうそう》でうつ伏せになり、周囲には大量の血痕と嘔吐物《おうとぶつ》が残っていた。食膳が倒れ、小鉢や料理が散らばってもいた。監物は大柄で、小袖を着流した気楽な格好である。小袖は白地に昇り龍を描いた派手なものだ。派手な装いと死の形相は対称を成し、惨劇の度合いを高め、まるで芝居のようである。

濡れ縁に座りお紗枝は顔をそむけた。

勘解由が菊之丞に、

「手数をかける」

と、一礼した。

旗本の威厳を漂わせ、若いのに品格を感じさせる。

「これが役目ですから、お気遣いご無用です」

菊之丞は草庵の前に座った。

寅蔵は座敷の隅に控えた。

「石見銀山ですってね」

菊之丞が確かめると、

「ここに盛られたのですな」

草庵は蒔絵銚子を手に持った。

高級料理屋らしい漆塗《うるしぬり》に花鳥風月が金泥《こんでい》で描かれている。蓋《ふた》を開け、草庵は中味を菊之丞に示した。中には半分程、酒が残っている。上方からの下り酒である。澄み渡った清酒特有の芳醇《ほうじゅん》な香りがほのかに漂う。

「石見銀山に違いないね」

菊之丞は呟《つぶや》いた。

「恐ろしい」

濡れ縁でお紗枝は身を震わせた。

「そう、ほんとに怖いねえ。それでっと、勘解由さまが毒を盛ったのですか」

やおら、菊之丞は勘解由に問いかけた。

寅蔵は両目を見開き腰を浮かして勘解由が怒るのではないか、と危ぶんだ。

が、幸いにも、

「冗談であろう」

勘解由は失笑混じりに受け流した。

「じゃあ、誰が毒を入れたのですか」

菊之丞は首を捻った。

「さて、それがわからぬので困っておる。わかれば、拙者《せっしゃ》が捕まえて町奉行所に突き出しておるものを……」

落ち着いた様子で勘解由は返した。

「そりゃそうですよね」

媚《こ》びるように寅蔵は賛同した。

「下手人を捕まえるのはわたしの役目です。お任せください」

自信満々に菊之丞は言った。

「頼む」

勘解由は静かに返した。

「では、下手人を捕まえるに当たって、宴の様子を詳しくお聞かせ頂きましょうかねえ」

菊之丞は扇子を開き、ひらひらと振った。その人を食ったような態度に勘解由は戸惑いを示した。

それでも、気を取り直したように勘解由は語り出そうとしたが、

「ここでは何だから、部屋を代わりましょうか」

亡骸《なきがら》の確認はした、と菊之丞は言い添えた。兄の亡骸を前に、あれこれやり取りはできない、と勘解由も受け入れた。


お紗枝の案内で菊之丞と寅蔵は勘解由と共に母屋《おもや》の奥座敷へと移動した。庭に面した十畳間で、風を入れる為、お紗枝は障子《しょうじ》を開け放った。

すると、

「あのう……」

一人の中年男が顔を覗《のぞ》かせた。寅蔵が男の前に出向いた。

「三河屋清兵衛と申します」

清兵衛が挨拶をすると、

「宴席に同席しておった、呉服屋なのだ」

勘解由が言った。

「宴の費用を負担した商人だね」

菊之丞の指摘に勘解由は苦い顔をし、清兵衛は、

「いつも御前《ごぜん》さまにはお世話になっておりますので」

と、澄まして答えた。

直参旗本は、家禄千石未満は、「殿さま」千石以上は、「御前さま」と尊称される。

「ま、その辺のことはいいとして、蒔絵銚子に石見銀山が盛られたということは、新堂さま以外にも、そこから飲んだ人がいるってことでしょう」

菊之丞が質すと、

「拙者は一杯だけ飲んだ」

勘解由は答えた。

「手前も一杯頂戴致しました」

「他には……」

菊之丞は問いを重ねる。

「あとは……」

勘解由は清兵衛に確かめた。

「お流れに与《あずか》ったのは勘解由さまと手前だけでした。その前の蒔絵銚子からは、大森仁右衛門さんや芸者衆、幇間もお相伴《しょうばん》に与りましたが、あの蒔絵銚子からは勘解由さまと手前だけでございました」

清兵衛は述べ立てた。

「二人は無事、何ともなかったのだね」

念の為だと菊之丞は確かめた。

「手前、身体は至って丈夫でございます」

清兵衛は両手を広げた。

「丈夫でもひ弱でも毒を盛られたらひとたまりもないよ」

冷や水を浴びせるようなことを菊之丞が言うと、

「ごもっとも」

清兵衛は頭を下げた。

「清兵衛と勘解由さまが召し上がってから新堂さまがお飲みになった。それで、毒に当たった……すると、その間に何者かが蒔絵銚子に毒を盛ったことになるね」

菊之丞の指摘に、

「いかにも、その通りであるな」

勘解由は同意した。

「その間、蒔絵銚子に近づいた者は……」

菊之丞が確かめると、

「そうじゃのう……」

勘解由は思案を始めた。

代わって清兵衛が、

「何しろ、宴もたけなわでございましたので、多少、座は乱れました。どなたが何処《どこ》に動いたのか、などは正確には覚えておりません」

困ったように証言した。

酒は毒が盛られた蒔絵銚子以外にも二つの蒔絵銚子で飲み回されていたが、毒は監物と勘解由、清兵衛が飲んだ一つにしか入っていなかった。

「なるほど、どなたでも毒を入れられたんですね。しかし、誰が入れたのかはわからないってこってすか」

寅蔵が口を挟《はさ》んだ。

「そういうことです」

清兵衛は深くうなずいた。

「じゃあ聞くが、あんたは監物さまのお流れを頂いてから何処にいたのだ」

菊之丞は清兵衛に向いた。

「手前はあちこち、と申しますか……」

清兵衛は宴に参加した者の間を回り、料理は満足か、酒は足りているか、と気遣っていたそうだ。

次に菊之丞は勘解由に視線を移した。菊之丞に問われる前に、

「拙者は兄から杯を取らされてから、自分の席を動かなかった」

と、言った。

勘解由の席は監物とは離れた位置に設けてあったそうだ。清兵衛は勘解由の証言を裏付けるように、勘解由は監物が毒を盛られるまで席を動かなかった、と証言した。

「はげ寅、控えている役者、芸者、幇間を当たろうか」

菊之丞は寅蔵を促した。

すると、勘解由が菊之丞を呼び止めた。浮かした腰を落ち着け、菊之丞は勘解由に向いた。

「兄が毒死したこと、他言無用に願いたい。尚、御家存続にかかわるゆえ、公儀には

兄は病死と届け出る。そのこと、承知頂きたい」

表情を強張らせ、勘解由は軽く頭を下げた。

「直参旗本家の家名を保つ邪魔はしません」

菊之丞は了承した。

勘解由の顔が安堵《あんど》で和らいだ。

その直後、

「ですが新堂監物さま殺しの探索は続けます。必ず下手人を捕縛しますよ。その結果によってはお家が存続出来なくなるかもしれません。そのことはご了承ください」

菊之丞は堂々と伝えた。

悪党面が際立っている。

勘解由が下手人だと言っているようにも受け取られる発言だ。寅蔵は肝を冷やした。肝は冷えているが、額《ひたい》や脇の下、掌《てのひら》には嫌な汗が滲《にじ》んでいる。

恐る恐る窺《うかが》うと勘解由は唇を引き結び、口を閉ざしている。

「失礼致します」

菊之丞は腰を上げた。愛想のつもりか笑顔だ。

三

離れ座敷への出入りは限られた女中たちだけであった。

女中たちに聞き込みを行ったが、宴に参加した者以外に離れ座敷に出入りした者はいないことがわかった。

また、大森仁右衛門、芸者、幇間たちも毒を盛った者を見ていない。ただ、清兵衛が座敷を回ってみなを気遣っていたこと、勘解由が監物とは離れた席から動かなかったことは事実だという証言がなされた。

「するってえと、一体誰が毒を入れたんでしょうね」

寅蔵は腕を組んだ。

「決まっている。さっきも言っただろう。勘解由だよ」

さらりと菊之丞は言ってのけた。

「……そりゃまた……どうして、おわかりになるんですか。確かに先ほど、菊之丞の旦那は、勘解由さまご本人におっしゃっていましたけど、てっきり冗談かと思っていましたよ。実際、勘解由さまは監物さまからお流れを頂戴してから後は離れた席にいらして、毒を入れる機会はなかったんですよ。勘解由さまのご様子を見ていた芸者もいましたしね。菊之丞の旦那、勘解由さまが下手人だってお考えになる拠《よ》り所は何ですか」

納得できない様子で寅蔵は問いかけた。

「勘解由には悪相が出ているのだよ」

さらりと菊之丞は答えたが、

「悪相……」

きょとんとなって、

「ご冗談を」

と、寅蔵は噴き出したが菊之丞の大真面目な顔を見て口をつぐんだ。

「悪相だ。黙って座れば、ぴたりと当たる、水野南北先生直伝の観相、万が一にも外れることはないのだよ。勘解由は兄と……ついでに言えばわたしとも大違いの男前だ。でもね、観相というのは外見の容貌だけじゃないのさ。面相、骨相にその者の本性が表れる。端整な面構えに悪の本性が覗いていた。普段は包み隠している本性だろうが殺しという悪を行った場にあっては剝《む》き出しとなったのだよ。わたしはその瞬間を見逃さなかったというわけだ」

揺るぎない自信で菊之丞は語ったが、寅蔵には到底理解できないようで、

「はあ……ごもっともでしょうけど……あいにく、あっしは、観相はさっぱりなもんで……」

と、言い訳めいた物言いをしてから間を置き、

「くどいようですが、勘解由さまも毒入りの蒔絵銚子から酒を飲んだんですよ」

「そうだってねえ」

気にする素振りも見せずに菊之丞は生返事をした。

寅蔵は拍子抜けしてしまった。

それでも、

「どうやって毒を盛ったのかはおいておくとして、勘解由さまが実の兄上を殺した訳は何ですかね。新堂家を継ぎたいからですか」

寅蔵が問いかけると、

「そんなこと知らないよ。観相で殺しの訳なんて表れないからねえ」

当然のように菊之丞はさらりと言ってのけた。

「ええ……」

戸惑うばかりの寅蔵に、

「それを調べるのがおまえさんの役目ってもんじゃないのかい」

しれっと菊之丞は言った。

「そりゃまあ……あっしもこれから地道な聞き込みをやっていかなきゃならねえって思ってますけどね」

寅蔵も認めた。

「なら、頼むよ」

菊之丞は腹が減った、とぼやいた。

「蕎麦《そば》でも手繰《たぐ》りますか」

美味《うま》い蕎麦屋がありますか、と寅蔵は気を利かせた。

「蕎麦もいいけどうどんが食いたいね」

菊之丞はぽんと手で大きな腹を叩いた。

「うどんですか。ああ、そうだ、菊之丞の旦那、上方に行っていらしたから、うどん好きになったんですね」

合点がいったように寅蔵は両手を打った。

「そういうことだよ」

「なら、うちに来ますか」

意外な誘いを寅蔵はした。

「うち……そういえば、はげ寅のかみさんは縄暖簾《なわのれん》をやっているんだったな」

「まあ、そういうことで」

「うどんも出すのかい」

「昼は一膳飯屋なんですよ」

「働き者だねえ。ごく潰《つぶ》しの亭主を食わせるため、けなげに働いているってわけだ」

言いたい放題言って、菊之丞は歩き出した。

寅蔵は顔をしかめ、

「惜しい人を亡くしたもんだ」

と、菊之丞の兄、宗太郎の死を嘆いた。そんな寅蔵の気持ちなど斟酌《しんしゃく》することもなく菊之丞は鼻歌を口ずさんだ。

薬研堀にある寅蔵の女房、お仙が営んでいる縄暖簾、江戸富士《えどふじ》にやって来た。間口三間の二階家で二階は寅蔵夫婦の住まいだそうだ。

腰高障子には江戸富士の屋号と富士山の絵が描かれている。風通しを良くする為、腰高障子が開けてあった。

昼八つ（午後二時）という時刻柄空いており、店内に客はまばらだ。

小上がりになった入れ込みの座敷は衝立《ついたて》で区切られた席割りがしてあった。

「いらっしゃいまし」

明るい声が店内に響き渡る。

お仙は丸顔で小太りの陽気な女であった。寅蔵と一緒にいる菊之丞に、

「早瀬さまの弟さんですね」

と、気さくな調子で挨拶をした。

改めて寅蔵が菊之丞を紹介すると、

「お兄さまに似て……いませんね」

菊之丞の武骨な顔をしげしげと見た。

「おい、失礼だぞ」

寅蔵は叱《しか》ったが、

「あら、どうしてよ。ただ、似てないって言っただけよ。どうして失礼なのよ。おまいさんこそ、菊之丞さんを兄に似てない不細工だって思っているんじゃないの」

ずけずけとお仙は返した。

「そりゃ、おめえ……」

寅蔵はしどろもどろになった。

するとと菊之丞はおかしそうに笑い、

「お仙さんの方が正しい。はげ寅は男前の兄貴に比べわたしを不細工だと決めてかかっているから、そんな言葉が出たんだよ」

菊之丞は座敷に上がった。

「お仙さん、うどん、頼むよ」

気さくな調子で頼む。

「承知しました」

お仙は台所に向かった。

「かかあはお仙さんで、あっしははげ寅か」

ぶつぶつぼやきながら寅蔵は菊之丞の前に座った。

「気立ての良い女房だね。はげ寅には勿体《もったい》ないよ。この店、繁盛しているだろう」

店内を見回し、菊之丞は述べ立てた。

「ええ、まあ、その何ですよ。上方で言う、ぼちぼち、ってやつですよ」

寅蔵はぺこりと頭を下げた。

待つほどもなくうどんが運ばれて来た。

熱々の湯気が食欲をそそる。薄めの出汁《だし》、油揚げ、いかにも上方風である。うどんと共に小さな瓢箪《ひょうたん》が添えられ、一味が入っていた。

「おおっ、七味じゃなくて一味だねえ」

菊之丞は喜んだ。

「お仙さん、出来るね」

上機嫌でお仙に声をかける。お仙はうれしそうに笑みを返した。

「どれどれ」

菊之丞はまず出汁を味わった。

うなずいて破顔すると、

「ちゃんと、上方風の昆布風味だ。甘味がある。よし、いいねえ」

次いで油揚げを食べる。

「これまたいいねえ。よく煮込んである。甘味がじわっと沁《し》み出て、うどんに合うよ。さて、うどんだね」

ふうふう息を吹きかけながら菊之丞はうどんを啜《すす》った。白くて太い、艶《つや》のあるうどんはいかにも上方風である。

「ううん、美味い」

感に堪えぬ声と共に菊之丞はお仙のうどんを絶賛した。

「お仙さん、よくこのうどんを覚えたね」

菊之丞が問うと寅蔵が答えた。

「お仙の親父っていうのが、大坂の旅芸人だったんですよ。親父の女房、つまり、お仙の母親は十の時に亡くなりましてね、それからお仙は親父と一緒に旅回りをしていたんです。で、お仙は一座の賄《まかない》を手伝っていたんです。一座のみんなの口に合うのは上方風の味付けですから、うどんも大坂風ってわけで」

お仙の父は江戸で興行中に倒れ、そのまま息を引き取ったそうだ。お仙が十八の時だった。父親の為に薬種の世話をしたのが寅蔵という縁で所帯を持ったのだそうだ。

うどんは父の好物でお仙の自慢料理である。

「なるほど、本場仕込みか」

菊之丞は感心し、あっという間に平らげた。

「うれしいねえ、江戸でこんな美味いうどんにありつけるとは。兄貴から受け継いで、おまえさんに手札をやった甲斐《かい》があるってもんだねえ」

女房とうどんを誉められてもうれしくはなかったが、

「ありがとうございます」

寅蔵は礼を述べ立てた。

「よし、これから通ってやるぞ」

恩着せがましく菊之丞は言った。

「そりゃありがてえんですが、今後、新堂さまの一件、どうすりゃあいいんでしょうね」

話題を事件探索に向けた。

「さっき、言ったじゃないか。聞き込みを続けるよ」

当然のように菊之丞は返した。

「ですがね、相手は御直参です。勘解由さまが新堂監物さまは病死とする、とおっしゃいましたんでね。御家存続の点からしましても、これ以上事件を蒸し返されたくはないでしょう」

寅蔵が危惧《きぐ》すると、

「蒸し返すんじゃない。目の前の事件を探索するんだよ。町人地たる日本橋の料理屋で毒殺が起きたんだよ。旗本だからって、病死でうやむやにすることなんぞ許されるはずはないさ」

菊之丞にこれほどの正義感があろうとは寅蔵は意外であったが、同時にうれしくもあった。

　宗太郎の血筋である。

　直参旗本を町奉行所は捕縛できない。屋敷に立ち入るなどもってのほかだ。しかし、旗本といえど町人地で問題を起こせば捕えることはできる。たとえば、酔った旗本が町人を殺傷すればその場で捕えられる。ただし、お縄にした後の裁きは評定所が行う。

　今日、町人地の料理屋で旗本家の当主が殺された。下手人を探索し捕縛するのは町奉行所の役目だ。勘解由が監物を病死として乗り切ろうとする姑息《こそく》さを菊之丞は許せないのだ。

「わかったか」

　捕縛まではやりとげ、裁きは評定所にゆだねるつもりだと菊之丞は言った。

　菊之丞に確かめられ、

「よくわかりました。新堂家周辺の聞き込みをします」

　寅蔵は言った。

「頼んだよ。何としても勘解由の尻尾《しっぽ》を掴《つか》むんだ」

　菊之丞は自分の観相を信じ切っている。

　抗《あらが》うだけの根拠がない以上、寅蔵は手札を与えられている菊之丞の言いつけに従うべきだ。

「わかりました。十手にかけて、やりますぜ」

寅蔵は意気込みを示した。

「頼むよ」

菊之丞は言うと、うどんのお替わりをした。

お仙は陽気な声で応じた。

「さて、なら、あっしは早速」

寅蔵は腰を上げた。

四

その五日前、長月十五日の昼下がりだった。

新堂勘解由は屋敷に三河屋清兵衛の訪問を受けていた。

「困りましたなあ」

清兵衛は嘆いた。

掛金が嵩《かさ》んでいるが一向に御前さまは払ってくださらない、と不満を訴えてきたのである。

「兄には、支払うようお願いをしておるのだが……」

勘解由はすまぬ、と頭を下げた。

清兵衛は慌てて、「どうぞ頭を上げてください」と懇願してから、

「勘解由さまには何ら落ち度はございません。むしろ、間に立って頂き、感謝を申し上げておる次第です」

「とは申せ、拙者の力不足だ。愚痴《ぐち》になるが、兄の不行状にも困っておる」

勘解由にとっても兄監物は悩みの種であった。

「勘解由さま、養子の口が、数多《あまた》あるそうではありませぬか」

勘解由は聡明、と評判である。学問、武芸共に優れ、いわば文武両道であった。ところが、次男坊ということが災いしている。旗本、大名の次男坊は当主たる嫡男《ちゃくなん》にもしもの場合、そして跡継ぎの子供がいない場合、御家存続の為に他家に養子入りするのは遠慮するのが常なのである。

新堂家に跡継ぎの子はまだ誕生していない。従って、勘解由は部屋住みの身から脱することができないでいるのだ。

それを惜しむ声は日に日に高まっている。

そもそもは、勘解由が他家に養子入りすることを期待する声が高かったのであるが、近頃では監物の不行跡を批難し、勘解由こそが当主になるべきではないか、という声が上がっている。

不行跡は、商人の支払いを踏み倒すことばかりではない。出入り商人に芝居見物や料理屋の費用を持たせたり、近頃では鬱憤《うっぷん》晴らしに野良犬を斬っている。

また、屋敷に博徒を引き入れ、賭場を開帳させ、寺銭《てらせん》を稼いでもいた。このままでは、新堂家は監物の不行跡によって改易に処せられてしまうのではないか、という声も聞かれるようになっている。

「勘解由さま、手前如《ごと》きが申すようなことではないのですが、このままでは新堂家は立ち行かなくなります」

清兵衛は危惧した。

「わかっておる」

誰よりもそれを痛感しているのは勘解由である。

「奥方さまのことも……」

言ってから清兵衛は口を手で覆った。

勘解由は唇を噛《か》んだ。

監物の妻、美佐代《みさよ》は元は勘解由の許嫁《いいなずけ》であった。美男美女、似合いの夫婦になると評判であったが、それを監物は横恋慕し、自分の妻に娶《めと》ってしまったのである。

勘解由の悔しさ、悲しさは口では言い表せない程であったが、当主たる兄に文句を言うこともできず、勘解由はひたすら耐え忍ぶしかなかった。

兄のお陰で勘解由は日陰の生涯を送っているのである。

「兄には拙者から意見しているのだが」

勘解由が諫《いさ》めると監物は聞き流すか、酔った折などは激昂《げっこう》し、時に手を挙げるのだ。実に困った兄である。

しかし、兄は兄、逆らうことはできない。

「勘解由さまが一番お辛《つら》いのですな。手前なんぞが軽々しく不平を言い立ててはなりません」

薄く清兵衛は笑った。

「本日、兄は……」

勘解由が聞くと、

「手前どもが手配しました芝居見物をなさっています。まこと、御前さまは芝居がお好きでございます」

清兵衛が言うように監物は芝居好きである。好きが高じて博徒たちを相手に芝居の真似事《まねごと》をすることもあった。この時は、監物の機嫌が良いために、周囲の者もほっとする始末である。

「困ったものだな」

つい、勘解由は愚痴をこぼした。

「では、手前はこれで……あ、そうでございます。五日後、日本橋の伊勢兆で御前さまの接待があります。御前さまが贔屓にしていらっしゃる役者、大森仁右衛門も同席致します。よろしかったら、勘解由さまも……」

「拙者に気遣いは無用だ。それに、兄は拙者が同席すると酒がまずくなる、と言って許さないだろう」

勘解由は苦笑した。

「ですが、申しましたように、座敷には大森仁右衛門もおりますので」

再び清兵衛は出席を勧めた。

「役者と一緒なら兄の機嫌はよいか」

勘解由はうなずいた。

その時、勘解由の頭の中に閃《ひらめ》くものがあった。

「よし」

内心で呟いたつもりであったが、

「いかがなさいましたか」

清兵衛は勘解由の異変に気づいたようだ。

「いや、何でもない。久しぶりに兄と一緒に酒を飲むのが楽しみになったのだ」

本心を押し包んで勘解由は答えた。

「それはようございました」

清兵衛はほっと安堵したようにうなずいた。


その日の晩、勘解由は監物を訪ねた。

監物は目元が赤らみ、酒臭い息を吐いている。

「なんじゃ、小言か」

勘解由の顔を見るなり、監物は喧嘩腰である。

「そうではありませぬ」

にこやかに勘解由は応じた。

「ほう、すると……」

監物は探るような目である。

「兄上と久しぶりに飲みたくなりました」

勘解由は言った。

「ふん、なんじゃ」

監物の目が凝らされ、警戒心が強まった。

「邪推はご無用です。拙者、兄上に相談したいことがあるのです。その為には、一献傾けたいと」

背筋をぴんと伸ばし、勘解由はお辞儀をした。

「相談……まあ、よい。飲み足りぬと思っておったところじゃ」

監物は両手を打ち鳴らした。

程なくして美佐代がやって来た。

「勘解由と酒を飲む。支度をせよ」

監物の言葉に美佐代はおやとなったが、

「ただ今」

と、女中に酒の準備をさせようと部屋を出た。美佐代がいなくなってから、

「なんじゃ」

監物は問いかけたが、

「まあ、よい。酒を酌《く》み交わしてからの方が舌も滑らかとなろう」

と、酒の支度を急がせた。

程なくして食膳が運ばれて来た。蒔絵銚子に酒の肴《さかな》はからすみである。

美佐代が下がろうとしたが、

「酌をせよ」

監物は引き止めた。

美佐代は黙ってその場に腰を据えた。美佐代は蒔絵銚子を持ち、監物に酌をする。

「勘解由にもしてやれ」

監物に言われ、美佐代は勘解由の杯に清酒を注いだ。美佐代は勘解由と目を合わせようとはしない。勘解由と美佐代の間に残るわだかまりだと監物は察し、それを楽しんでいるかのようだ。

「して、話とは」

監物は切り出した。

勘解由は一口酒を飲んでから、

「学問の道に進みたいのです」

「学者になりたいのか」

監物は首を傾げた。美佐代ははっとしたようになった。

「長崎に留学したいと存じます」

勘解由は言った。

「長崎な……」

監物は考える風だ。

「蘭学を学びたいと存じます」

「ミミズがのたくったような文字……あんなものを学んでどうする……ま、好きにするがよい」

監物は許した。

うるさいのが居なくなるのを喜んでいるのかもしれない。

「ありがとうございます」

勘解由が礼を言うと、

「そなたはいかに思う」

不意に監物は美佐代に問いかけた。

「わたくしには……どうのこうのと申せませぬ。勘解由さまのお気持ち次第かと」

無難に美佐代は返した。

「寂しくはないのか」

意地悪く監物は問いを重ねた。

美佐代は口を閉ざした。

「ふん、格好をつけおって」

監物は冷笑を放った。

勘解由は表情を明るくしてから、

「兄上、三河屋が役者を招いて宴を催すそうですな」

表情を和《なご》ませ監物はうれしそうだ。

「拙者も出たいものです」

勘解由は申し出た。

「……役者とか芝居とか、そなたは嫌っておるのではないのか」

監物は訝《いぶか》しんだ。

「兄上と楽しく宴を催してから長崎へまいりたいのです」

勘解由は言った。

「よかろう」

監物は許した。

五

「ところで、兄上、役者の前で、一つ座興をなさいませぬか」

勘解由の提案に、

「ほう、おまえの口からそんなことを聞くとはな」

監物はにんまりとした。

「いかがでしょうか」

ここまで勘解由が言った時、

「美佐代殿、すみませぬがお替わりを所望したい」

と、蒔絵銚子を持ち上げた。

「承知しました」

美佐代は蒔絵銚子を受け取ったが、

「まだ、残っておりますが」

と、首を傾げた。

「久しぶりの兄上との酒盛り、つい、気が逸《はや》ってしまいました」

勘解由は詫《わ》びたが、

「構わぬ。替わりをもて」

監物は命じた。美佐代が出ていってから、

「いかがでしょう。役者や座敷に侍《はべ》る者を驚かせては」

勘解由は言った。

「驚かせる……それは面白そうだが、何か考えはあるのか」

監物は身を乗り出した。

「そうですな」

杯を持ち上げ、

「毒を盛られた、と芝居を打たれてはいかがでしょうか」

という勘解由の考えに、

「ほほう」

監物は興味を示した。

「みな、驚きますぞ。役者顔負けの芝居をなさりませ」

勘解由は煽《あお》った。

「確かに」

すっかり勘解由は乗り気となった。

「では、このようにしたらいかがでしょう」

勘解由は続けた。

監物は目を輝かせた。

勘解由は酒を飲んでから突然に苦しみ始めてください、と頼んだ。

「すると、どうなる」

興味津々に監物は問いを重ねた。

「おそらくは、大騒ぎとなります。兄上が毒を盛られた、と騒ぎ立てるでしょう。それでしかる後に、芝居だと明かされるのです」

勘解由の考えに、

「みな、さぞや驚くであろうな。よし、面白い、それは面白いぞ」

すっかりその気になり、監物は両手を叩いた。

「兄上、よき芝居をなさってくださいよ」

「任せておけ。役者顔負けの、鬼気迫る死に様をしてやる」

「それと、芝居だと明かすのは拙者が合図をします。それまでは、死んでおられてください」

勘解由は真面目に言った。

「それは構わぬが、わしの呼吸で生き返るのはよくないのか」

監物は首を傾げた。

「兄上は倒れ伏してください。仰向《あおむ》けですと、みなから顔を見られ続けます。どうしても表情に出てしまいます。ですから、顔は見られないうつ伏せがよろしいのです。両目も瞑《つむ》ってください。開けっ放しでは、瞬きせずにはいられませぬから……」

「なるほど、みなの様子がわからぬからには自分の目で確かめるわけにもいかぬな。ならば、そなたの合図を待つのがよいか」

監物は納得した。

「ご理解ありがとうございます」

勘解由は一礼した。

「そなた、中々芝居がわかっておるではないか」

見直したぞ、監物はうれしそうだ。

「兄上譲りです」

勘解由が言うと監物は声を上げて笑った。そこへ美佐代が蒔絵銚子を持って戻って

来た。二人が和やかに談笑している場に直面し、

「楽しそうですね」

と、安堵の表情となった。

「勘解由と芝居について話しておったところじゃ」

監物が言うと美佐代は、「まあ」と驚きの表情となり、

「勘解由さま、お芝居にご興味があられたのですか」

と、問いかけた。

「あ、いや……兄上、ここは秘密に」

勘解由は監物を注意した。

「おお、そうじゃな」

監物も応じた。


二十日の昼、伊勢兆の離れ座敷では三河屋清兵衛の接待で新堂監物、勘解由兄弟が機嫌よく飲んでいた。芸者二人、幇間一人に、監物が贔屓にしている役者、大森仁右衛門もお相伴に与っていた。芸者が三味線を奏で、幇間が盛んに監物に世辞を使う中、宴は和やかに進んだ。

清酒が満たされた蒔絵銚子が運ばれて来た。

「よし、清兵衛、飲め」

上機嫌で監物は杯を清兵衛に与えた。

監物が蒔絵銚子を持ち上げ、酌をした。清兵衛は両手で押し頂くようにして杯で受け止めてから、

「頂戴します」

と、酒を飲んだ。

「うむ」

満足そうに監物はうなずく。

それから、しばらくして、

「兄上、拙者もお流れを頂戴しとうございます」

と、勘解由は申し出た。

「よかろう」

監物は続いて勘解由にも酌をした。勘解由も一気に飲み干した。

「美味でございます」

勘解由が言うと、

「うむ」

監物は満足そうに言うと、役者にも声をかけ上機嫌で宴を楽しんだ。宴が盛り上がった半時後、監物は手酌で蒔絵銚子から杯に酒を注いだ。

次いで、監物はちらりと勘解由を見た。勘解由は小さくうなずいた。

監物は酒を飲み、

「ううっ」

と、呻《うめ》き声を発した。

しかし、この時はまだ気づく者はいない。すると監物は腰を浮かし、
今度は大きな声で呻いた。

「ううっ」

芸者が三味線を弾くのをやめたが幇間は珍妙な踊りを続けている。

勘解由が、

「兄上！」

と、大きな声を発した。

みなの視線が監物に集まった。

監物は僅《わず》かににやりとし、それから、

「うおう！」

大袈裟《おおげさ》とも思える獣の咆哮《ほうこう》のような声を上げた。次いで、膳を払い除《の》けて前のめりに倒れ、

「うおう！」

わめき立て、畳の上をのたうった。

「御前さま」

清兵衛が近寄った。

監物は全身を痙攣《けいれん》させる。次いで、口から血糊《ちのり》をあふれさせた。

芸者が悲鳴を上げ、幇間も腰を抜かした。

「医者だ」

勘解由は清兵衛に言った。

「は、はい」

うろたえながら清兵衛はうなずく。

「早く呼んでまいれ」

勘解由は急《せ》かした。

清兵衛はおっとり刀で渡り廊下を走っていった。

芸者や幇間、役者はおろおろと監物を見下ろしている。

「そなたら、別室にて控えておれ。誰も帰るでないぞ」

勘解由に命じられ、みな、すごすごと座敷を出て行った。

座敷の中には勘解由と監物しかいない。監物は迫真の芝居でうつ伏せになって動かない。勘解由はそっと蒔絵銚子を持ち、石見銀山の入った紙袋を取り出すと、銚子の中に注いだ。

次いで監物を見下ろし、

「兄上、もう、よろしいですぞ」

と、声をかけた。

もぞもぞと動きながら監物は半身を起こし、あぐらをかいた。

「どうじゃった」

誇らしそうに監物は言った。

「お見事でございました」

勘解由は一礼した。

「みな、騙《だま》されおったか」

「それはもう、役者も見事に騙されましたぞ。さあ、兄上、一献」

杯に蒔絵銚子から酒を注ぎ監物に差し出した。

「これから、みなを呼んでまいります。兄上はここで悠々と杯を傾けておられよ。みな、驚きますぞ。みなの驚く顔を眺めながら飲む酒は美味いでしょうな」

勘解由が言うと、

「そうじゃな」

監物は杯を傾けた。

と、再び喉に手をやり、

「うう」

芝居ではない呻き声を発した。

次いで、血糊ではない鮮血を口から溢れさせる。

「こ、これは……」

双眸《そうぼう》を見開き、監物は再び畳に突っ伏した。

「兄上、お見事なる芝居でございましたぞ」

勘解由が語りかけた時に清兵衛が医師を連れて戻って来た。

六

二十一日の朝、寅蔵は新堂家出入りの商人、三河屋を訪れた。母屋の客間に通され、

「ともかく、落ち着きましたようで」

清兵衛は新堂家から幕府に監物病死の届け出がなされた、と言った。

「勘解由さまが立派に盛り立てていかれることでしょうな」

清兵衛はこれでほっとしました、と繰り返した。

「勘解由さまは、聡明なお方だそうですね」

「それはもう、優れたお方です。新堂家は元々、大番頭を務めるお家柄なのです。それが……こう申しては何でございますが、監物さまは大変に不行跡でございました。それが咎《とが》められて、大番頭を辞されたのです。ご親戚筋はそれを大変に不名誉と嘆かれておられ、ここだけの話、勘解由さまが新堂家の当主となられ、親戚ご一同、喜んでおられます」

新堂家が大番頭に復帰する日も近い、ということだ。

「じゃあ、監物さまが亡くなって悲しむ者はいないんですかね」

寅蔵は首を傾げた。

「出入り商人、新堂家の親戚には評判の悪いお方でしたが、奉公人ですとかその……」

ここで言い辛そうに清兵衛は言葉を止めた。

「どうしなすった。ここだけの話ですよ」

寅蔵は食い下がった。

「その何でございますよ。手前は独り言を言いますからね」

と、断りを入れた。

寅蔵は黙ってうなずく。

「監物さまは御屋敷で賭場を開帳させていましたが、賭場を仕切らせていた博徒なんかの間ではとても評判が良かったんですよ」

清兵衛は言った。

「儲《もう》けさせていたからだろう」

寅蔵も横を向いたまま問いかけた。清兵衛もそっぽを向いたまま、

「それもありますが、監物さまは博徒連中とも分け隔てなく付き合っておられたんです。賭場に顔を出し、酒を飲んだり、時に芝居の真似事をなさったり」

「芝居の真似事……」

おやっとなって寅蔵は清兵衛を見た。清兵衛も寅蔵を見返し、

「ええ、お芝居の真似事です。伽羅先代萩《めいぼくせんだいはぎ》の仁木弾正《にきだんじょう》の真似をして長袴で悠然と歩いたり、仮名手本忠臣蔵の塩谷判官《えんやはんがん》の切腹の場を演じたり、特にお得意だったのは勧進帳の弁慶《べんけい》だそうです。弁慶よろしく、飛び六方を披露なさったとか。博徒たちも御前さまのご機嫌を取ろうとして、褒《ほ》め上げていたそうです。ですから、伊勢兆の離れ座敷で監物さまが苦しみ悶《もだ》えなさった時、不謹慎にも手前はお芝居の真似事をなさっておられるのかって、思った程です。もっとも、落ち着いてみれば毒を盛られる芝居なんぞ見たことないのですが」

懐かしむように清兵衛は虚空を見上げた。迷惑をかけられた監物であったが、死なれると感傷を覚えるのか、そもそも監物という男、乱暴者だが憎めない一面があったのか……。

「なるほど、ところが正真正銘、毒を盛られていたってことか」

寅蔵もつい感慨深げになった。

「これは、余計なことを話してしまいました。ですが、病死ですから、今更、蒸し返されることはありませんよね」

清兵衛は言った。

「病死か……早瀬の旦那が得心なさるか、どうかだがな」

寅蔵は言った。

「あの同心さま、少々、風変わりなお方でございますな」

遠慮がちに清兵衛が言うと、

「少々じゃないですよ」

寅蔵は頭を左右に振った。

清兵衛は口を閉ざした。

これ以上長居をすると菊之丞についても余計な悪口を言いそうだと、

「邪魔しました」

寅蔵は引き上げた。


半時後、昼八つ（午後二時）となり、寅蔵は新堂屋敷の近くまでやって来た。

幸いにも大地を焦がすような日輪は雲に覆われている。それでも薄日がじりじりと照りつけ、汗が滲む油照りの昼下がりである。

裏門近くで様子を窺《うかが》う。

すると、いかにも柄の悪い男が出て来た。ぶつくさと文句を言っている。おそらくは、新堂屋敷で賭場を開帳していた博徒に違いなかろうと寅蔵は声をかけた。

「ちょいと、話を聞かせてくれ」

寅蔵は腰の十手をちらっと見せた。

男は嫌な顔をしたが、

「話なんかねえよ」

ぶっきらぼうに返した。

「賭場が開帳できなくなって機嫌が悪いんだな」

寅蔵は笑った。

男は目をむいた。

「なに、賭場を摘発しようなんて思っていねえんだ。ただ、亡くなられた監物さまについて、ちょいと聞きたいだけだぜ」

寅蔵は言った。

「なんだい。御前さまは亡くなっちまったんだよ。今更、賭場を咎めようって腹かい」

目を尖《とが》らせ、男は問い直した。

咎め立てはしない、と寅蔵は強く釘を刺してから続けた。

「弟の勘解由さまが家督を相続なされば、賭場を開かせない、ってどやしつけられたんじゃないのかい」

お気の毒さま、と寅蔵は言い添えた。

すると男は苦笑を漏らし、

「そんなんじゃねえ。勘解由さまはな、監物さまよりもよっぽど強欲なお方なんだよ」

意外なことを男は言い出した。

「どういうこったよ」

思わず寅蔵の口調が強くなる。

「寺銭を上げてきたんだよ。監物さまは賭場の上がりの二割だったが、勘解由さまは三割寄越せだって、まったくひでえよ」

男は嘆いた。

信じられない思いだ。

「そうやって、賭場を開かせないようになさっているんじゃないのかい」

評判高い勘解由ゆえ、博徒を屋敷から追い出す為の方便ではないか、と寅蔵は思った。

「そうじゃねえよ」

男は怒りが治まらないようで、堰《せき》を切ったように語り出した。

男によると、監物は開けっぴろげな人柄で自分たちとも酒を酌み交わし、時に芝居の真似事をした。

「監物さまは芝居が大好きでいらしてね、よくおれたちの前で芝居の真似をしてくれたんだよ」

懐かしむようにして男は目を細めた。それを見ただけで、監物を慕う様子が見て取れる。三河屋清兵衛の証言が裏付けられた。

「監物さまに比べて勘解由さまときたら……」

愚痴るように男は吐き捨てた。

「勘解由さまとはそりが合わないのかい」

寅蔵の問いかけに、

「あのお方はね、とにかく表裏があるんだ。表面は誠実無比のご立派なお侍だけど、裏っていうか、おらあ、こっちの方が本当の顔だと思うんだが、欲深くて陰湿なお方なんだよ。うまく立ち回って、悪い事は監物さまに被せてしまうんだ。賭場の寺銭の値上げだってこっちの足元を見て、仕掛けてきたんだ。ここらで町方の手入れが入らない賭場といったら、新堂さまの御屋敷くらいだからな」

語る内に男の勘解由への嫌悪が露わとなっていった。

「なるほど、わからねえもんだな」

心底から寅蔵は言った。

「勘解由さまが新堂さまの御家を継ぐとなると、嫌な思いをさせられるのも結構いると思うぜ」

男はちらっと新堂家を見やった。

寅蔵は菊之丞の観相を思い出した。菊之丞は勘解由の本性を見破っていたのだ。

「勘解由さまなら監物さまを殺したとしてもおかしくはないかな」

寅蔵の問いかけに、

「そう聞いても疑わねえよ。でも、今回は病死って聞いたけど……」

男は寅蔵を見返した。

すると、

「何をやっているんだ」

別の男がやって来た。男は途端にすごすごと去っていった。

七

明くる二十二日の朝、寅蔵は南町奉行所に出向き、同心詰所で菊之丞に会って聞き込みの成果を報告した。

「総じて、監物さまの評判は悪くて勘解由さまが新堂家を継ぐことを喜ぶ声だったんですがね……」

「博徒は勘解由の陰険さを言い立てていたんだな」

菊之丞は腕を組んだ。

「だからって、勘解由さまが監物さまを殺したってえのはどうなんでしょうね」

寅蔵は首を傾げた。

「殺したに決まっているさ」

事もなげに菊之丞は続ける。

「でも、どうやって毒を盛ったんですよ。勘解由さまも蒔絵銚子からお飲みになったんですし、お飲みになってからは、離れた位置にいらしたんですよ」

寅蔵はわからない、と悩んだ。

「そこを突きとめればいいんだ」

事も無げに菊之丞は言った。

「そりゃそうですけど……」

小さくため息を吐き、寅蔵は答えた。

「よし、新堂家に行こう」

菊之丞は即断した。

「ええ、そんな、いいんですか……御直参ですよ」

危惧する寅蔵に、

「遠慮なんかいらないさ」

菊之丞は腰を上げた。

「わかりましたよ」

寅蔵もついていった。


昼になり、菊之丞は寅蔵を伴って新堂家にやって来た。

裏門に回ると、博徒たちがぞろぞろと出て来る。

「邪魔だよ」

菊之丞は蠅《はえ》でも払い除けるように右手をひらひらと振った。

「なんだと」

男の一人が凄《すご》んだ。

「御用の筋なんだよ」

寅蔵が十手を抜いた。

「それがどうした。町方は旗本屋敷を探ることはできないんだ。こそこそと嗅《か》ぎ回るんじゃやねえ」

男は凄んだ。

「博徒が新堂さまの用心棒ってことはないだろう」

寅蔵も引かない。

博徒たちは菊之丞と寅蔵にゆっくりと向かって来る。逆らえば、痛い目を見るぜ、と無言の内に告げていた。

寅蔵は十手を握り直した。

菊之丞は泰然《たいぜん》自若《じじゃく》として立ち尽くし、博徒一人一人に視線を送っていた。

「観相をなさっておられる場合じゃないですよ」

寅蔵は苛立《いらだ》ちを込めて語りかけた。

「おまえさん、わかっちゃいないね。こいつらを成敗するのには、観相が役立つのさ。まあ、あっという間に叩きのめしてやるさ」

余裕しゃくしゃくで菊之丞は返した。

「おいらにはさっぱりわかりませんよ。観相で強い奴、弱い奴を見定めるってことですか」

困惑と焦りを抱きながら寅蔵は問い直した。目の端に何人かが背後に回るのが映った。

だから言わないこっちゃない、と寅蔵は内心で毒づいた。呑気《のんき》に観相なんかしている内に退路を塞《ふさ》がれてしまった。

袋の鼠《ねずみ》である。

危機を伝えようと寅蔵は、

「菊之丞の旦那、囲まれてしまいましたよ」

と、声をかけた。

菊之丞は動ぜず、

「見りゃわかること、賢《さか》しら顔で言いなさんな」

と、寅蔵をたしなめてから絽《ろ》の夏羽織を脱ぎ、

「持っていろ……皺《しわ》にならないようにきちんと畳めよ」

寅蔵に手渡した。

気圧《けお》されながら寅蔵は羽織を受け取った。

菊之丞は博徒を見回して語りかけた。

「あんたたち、退《ど》かないと痛い目を見るよ。いいかい、一回しか言わない」

と、一拍置き、

「退け！」

ソップ型力士のような巨体が震え、岩のような巨顔から怒声が放たれた。

寅蔵は飛び上がりそうになった。

大地を揺らす地響き、天を震わす雷鳴のような怒声であった。

博徒たちも臆《おく》し、後ずさる者もいた。

菊之丞は博徒たちを飲み込み、この場を支配した、と寅蔵にはわかった。

それでも男気で売る博徒の意地か、

「痛い目を見るのはそっちだっていうのがわからねえのか」

頭目《とうもく》らしき男が返したが、声は上ずっている。

「まったく、馬鹿につける薬はないねえ」

一転して穏やかな口調で言うと、菊之丞は両手の指をばきばきと鳴らした。悪戯坊主が大人をやりこめた時のうれしそうな笑顔だ。

「構わねえ。やっちまえ」

男が手下をけしかけるや、菊之丞は飛び出した。巨体には不似合いな敏速な動きだ。

菊之丞は頭目の腕を摑む。

「何しやがる」

と、目をむく男を無視し、菊之丞は摑んだ腕を捩《ねじ》り上げた。

男は顔を歪《ゆが》め、爪先立ちとなった。

「悪い骨相だねえ。これじゃあ、まっとうな暮らしを送っていないはずだ。よしよし、わたしが更生させてやるよ」

菊之丞は左手で男の肘を摑み、右手を肩に当てた。

「そらよ」

一声かけると菊之丞は肩に当てた手に力を込めた。

――バキッ――

鈍い音がし、男は悲鳴を上げた。

菊之丞が両手を離すと男は手で肩を押さえながら膝《ひざ》から頽《くずお》れた。

唖然《あぜん》とする手下たちに菊之丞は近づく。

「おまえは左肩だ」

淡々と告げると相手の左肩の関節を外す。

続いて、

「そっちは右肩ね」

と、三人目の右肩の関節を外した。

動揺の余り、一人の男は手足をばたつかせ、足蹴《あしげ》を繰り出した。

菊之丞は相手の足を抱え、膝の関節を外した。男は地べたを転げ回った。

「暴れなさんな」

そこへ、背後から匕首《あいくち》を両手に持った男が襲いかかって来た。

菊之丞は振り向きもせず、突き出した男の腕を右脇に抱え、肘の関節を外した。

ここに至って、敵は臆病風に吹かれ一人が逃げ出した。すると、それを潮に脱落者が続き、ぽつんと一人だけが残った。

男は匕首を右手に菊之丞を睨《にら》んでいる。

「おまえさん、一人だよ。逃げたら、どうだい」

菊之丞は声をかけた。

「うるせえ、勘弁ならねえ、ぶっ殺してやる、舐めんじゃねえぞ、かかってきやがれ、びびってんじゃねえ、この三一《さんぴん》野郎……」

男は喚《わめ》き続けた。

菊之丞は相手の懐に飛び込んだ。巨顔を目の前にし、男は匕首を落とした。

恐怖に顔を引き攣《つ》らせ、舌をもつれさせながらも男は悪口雑言《あっこうぞうごん》を並べ続ける。

「うるさいよ」

菊之丞は両手で顎《あご》を摑み、ぐるっと回した。

顎の関節が外れた。

「あぁっ」

情けない声が男の口から漏れ、地べたにへたり込んだ。

菊之丞の言葉通り、博徒連中は痛い目を見た。

「すげえ……菊之丞の旦那、すげえですね。こりゃ、武芸ですか」

心底から寅蔵は賞賛した。

「武芸ではないな。観相ではな、骨相を見ることもある。骨の太さ、作りがわかれば、それを外すことも自在ってわけだ」

さらりと菊之丞は言ってのけた。

「へ〜え、そういうもんですか」

何度もうなずく寅蔵に、

「さて、勘解由さまに会おうと思ったが気が変わった」

「じゃあ、御屋敷には行かないんで」

屋敷の用心棒代わりの博徒が気の毒になった。

「おまえさん、勘解由さまに伊勢兆に来てくれって頼んでくれ。おれは、先に行って待っているからってな。来なきゃ、こいつらの誰かをしょっ引くって言ってやれ。賭場を開帳していること、白状させるってな」

菊之丞はさっさと歩いていった。

「ああっ、菊之丞の旦那……」

慌てて寅蔵は追いかけ、預かっていた絽の夏羽織を手渡した。


半時後、菊之丞は伊勢兆の離れ座敷に立っていた。女将のお紗枝に頼み、新堂監物が毒殺された時の食膳が二つ並べてある。もちろん、清酒を入れた蒔絵銚子もあった。

座敷内を見回し、

「こりゃ、やっぱり悪相だね」

独りごちたところへ勘解由がやって来た。残暑厳しい、というのに小袖に黒紋付を重ねている。糊付けがなされくっきりと襞《ひだ》が出来ており、白足袋には微塵《みじん》の汚れもない。右手に大刀《たち》を提げ、菊之丞に視線を向けた。

「拙者に用かな」

勘解由の顔は不満に満ちている。

「用があるのでお呼びしたんですよ」

人を食ったような菊之丞の返答に勘解由はむっとしながらも、

「それはそうだろうが……それで、用向きを聞こうか」

勘解由は聞き返した。

「その前に一献、傾けませぬか」

菊之丞は食膳を見た。

「酒を酌み交わすとは……」

戸惑う勘解由を他所《よそ》に、菊之丞は食膳の前にどっかと腰を据えた。

勘解由は憮然《ぶぜん》とした顔つきでもう一つの食膳の前に座り、後ろに大刀を置いた。

「まったく、良い酒だねえ。では、勘解由さま、さあ」

菊之丞は蒔絵銚子を持ち上げ、勘解由に向けた。勘解由は杯を取り、菊之丞の酌を受けた。次いで、不愛想な顔で飲む。

「美味そうですな」

菊之丞は目を細めた。

勘解由はそれを無視し、

「して、用向きを聞こう」

杯を食膳に置いた。

「そう急かさないでくだされ。わたしにも一杯飲ませてください。それから話しましょう」

菊之丞は蒔絵銚子を持ち上げ、手酌で杯を満たした。

「この澄み渡った清流の如き酒、芳醇な香り……上方の下り酒、伏見辺りの蔵元でしょうか。実に堪《こた》えられませんな」

目を細める菊之丞を、勘解由は冷ややかな目で見ていた。

「さて」

菊之丞は杯を口元に持ってゆき、ぐいっと呷《あお》った。

「美味い……」

感に堪えない声を発してから、

「ううっ」

と、両目をむいた。

勘解由がおやっとなる。

「うわあ」

菊之丞は叫び立てると、食膳を払い除け、畳をのたうち回った。

「うおう！」

左手で喉を搔《か》きむしり、右手を挙げ、菊之丞は勘解由にすがるような目を向けた。

無情にも勘解由は白けた顔で菊之丞を見下ろし、

「下手な芝居はやめろ」

と、乾いた声で告げた。

菊之丞はちょこんとあぐらをかき、

「ばれましたか」

「その方、拙者を愚弄《ぐろう》するか！」

勘解由はいきり立った。

「いいえ、とんでもない。わたしは大真面目ですよ」

菊之丞は巨顔を突き出した。

「貴様、何が言いたい」

両目を吊り上げ、勘解由は吐き捨てるように問い質した。端整な面差しが歪み、悪鬼の形相となっている。

「あなたさまが監物さまを毒殺したってことですよ」

しっかりと勘解由を見据え、菊之丞は答えた。

勘解由はこめかみをぴくぴくと蠢《うごめ》かせた。

「あなたさまは、監物さまの芝居好きに目をつけ、毒を飲んだ芝居をさせましたな。さすがは芝居好き、芝居心のある監物さま、さぞや名演だったのでしょう。居合わせた者たちは慌てふためいたに違いありません。あなたさまはその者たちを言葉巧みに座敷から追い出した。で、監物さまと二人きりになったところで、監物さまに気づかれぬように蒔絵銚子に石見銀山を入れた……と、まあ、こんなところでしょうか」

菊之丞は捲《まく》し立てた。

勘解由は黙っている。

「違いますか」

菊之丞は問いかけた。

口を開こうとしない勘解由に、

「それそれ……その顔！　悪相が表れておりますぞ」

菊之丞は観相した。

勘解由は薄笑いを浮かべさっと左手を背後に伸ばし、大刀を摑むや右手で抜刀した。

菊之丞は腰の脇差のみだ。

「八丁堀同心如きが……不浄役人の分際で三河以来の名門旗本、畏《おそ》れ多くも将軍家直属の大番頭を務める新堂家の当主を愚弄するとは許せぬ。無礼討ちじゃ！」

勘解由は立ち上がると大刀を大上段に構えた。菊之丞も腰を上げ、座敷の真ん中で仁王立ちをした。

すり足で間合いを詰めると勘解由は渾身《こんしん》の力で大刀を振り下ろした。陽光を受け白刃が煌《きら》めきを放ち、菊之丞の頭上を襲う。

脳天が割られる寸前、菊之丞は右に避けていた。

大刀が空を切り、勘解由は前にのめった。

挑発するように菊之丞は勘解由の前に立つ。

「おのれ」

顔を朱色に染め、勘解由は突きを繰り出した。

と、またも菊之丞はわずかに大きな顔を右に避けた。

大刀の切っ先が菊之丞の首すれすれに外れた。

目を白黒させ、勘解由は下段に構え直すと菊之丞の胴を狙って斬り上げた。

今度も虚しく大刀は菊之丞の胴すれすれに空を切った。

涼しげな勘解由の顔が汗にまみれた。肩が上下し、息も上がっている。

それでも、勘解由は大刀を八双《はっそう》に構えた。

その時、菊之丞は背伸びをし、右手を欄間《らんま》に差し入れた。

おやっとなった勘解由が動きを止める。

菊之丞は欄間から大刀を取り出すや抜刀し、横一閃《よこいっせん》に払い斬りを放った。

鋭い金属音が響き、勘解由の大刀は天井に突き刺さった。

「新堂勘解由、観念せよ！」

凛《りん》とした声を浴びせ、菊之丞は大刀の切っ先を勘解由の鼻先に突き付けた。

「参った……」

勘解由はあぐらをかき、力なくうなだれた。

「さすがは名門旗本だねえ。往生際はいいや。町奉行所じゃ裁けないから、評定所であんたの吟味《ぎんみ》が行われるよ。それまで、大人しく謹慎しているんだね。博打でもやってさ……あ、いや、これは冗談」

菊之丞は呵々大笑した。

勘解由は菊之丞を見上げ、

「拙者の刀、かすりもしなかった……あれは特殊な流派の技なのか」

と、武芸に秀《ひい》でた旗本らしい問いかけをした。

「黙って座れば、ぴたりと当たる……わたしは観相の大家、水野南北先生について修業した。人相、骨相を見るとね、表情の変化、目や肩、腰の動きを見定めれば、太刀筋がはっきりとわかるのですよ。つまり、無駄な動きをしなくてすむってわけだ」

菊之丞の説明を聞き、

「武芸に観相を加えるべきだな」

勘解由はため息を吐いた。

五日後、新堂勘解由切腹の報《しら》せを菊之丞は聞いた。評定所に呼び出される前日のことであった。

第二話　帰って来た相棒

一

葉月《はづき》の十日、小間物屋の天野屋《あまのや》では藤兵衛《とうべえ》が母屋《おもや》の居間で娘のお紋《もん》と差し向かいで朝餉《あさげ》を食べていた。

残暑厳しかったが、朝夕は涼風が吹き、秋の訪れを感じさせる。

藤兵衛は四十歳とは思えない若々しさを感じさせるばかりか逞《たくま》しい身体《からだ》つきの男だ。豊かな髷《まげ》、太い眉に切れ長の目、鼻筋が通っていて口元が引き締まり、生命力に満ちている。

いかにも、できる商人といった風貌《ふうぼう》であった。

実際、藤兵衛は行商人から身を起こし、一代で身代《しんだい》を築いた立志伝中の人物である。

娘のお紋は十七歳の娘盛りである。濡羽色《ぬればいろ》の髪を丸髷に結い、色の白い瓜実顔《うりざねがお》の美人だ。浮世絵で描かれれば評判となるだろう。神田《かんだ》小町という評判もうなずける。日に日に死んだ女房、お志摩《しま》に似てくる。お志摩の面影をお紋に重ねてしまうせいかもしれないが、お紋の成長が藤兵衛の生き甲斐《がい》である。

「おとっつあん、どうしたの……何か言いたいことがあるの」

お紋は小首を傾《かし》げた。

感慨深くお紋を見る藤兵衛に戸惑いを示した。

「いや、何でもないんだ」

視線をそらし、曖昧《あいまい》にごまかす。

「それならいいけど。あ、そうそう。今日、清元《きよもと》のお稽古《けいこ》があるから、出かけるわね」

お紋は言った。

「ああ、気を付けてな」

藤兵衛はうなずいた。

自分はあくまで誠実無比の商人でいなければならないのだ。

そうであるからこそ、天野屋を繁盛させることができる。お紋を守ることができるのだ。

「お紋、たくさん食べなさい。お腹《なか》が空いては三味線もいい音色で弾けないよ」

藤兵衛は自分の食膳のめざしをお紋の皿に移した。

「そんなに食べられないわよ」

お紋は笑った。

鈴の音のような笑い声に藤兵衛は幸せを感じた。

藤兵衛は茶を啜《すす》ると腰を上げた。居間を出て縁側を歩き店に向かう。朝五つ（午前八時）である。既《すで》に店は開けられ、小僧や手代《てだい》たちが元気のいい声を出しながら各々《おのおの》の仕事にいそしんでいる。

小僧は店の前を掃除し、手代は帳面を片手に品々を検《あらた》めていた。

「おはようございます」

番頭の鶴次郎《つるじろう》がにこやかな顔を向けてきた。

「おはよう」

藤兵衛は温和な顔で帳場机に座った。

二十畳の店には、櫛《くし》、簪《かんざし》、笄《こうがい》、化粧道具を並べた陳列棚が整然と並び、真ん中には客をもてなすよう緋毛氈《ひもうせん》が敷かれている。手代や小僧たちが手を止め、

「おはようございます。ゆんべはご馳走《ちそう》さまでした」

　一斉に頭を下げた。

「楽しんでくれたかな」

　藤兵衛は傍《かたわ》らに座った鶴次郎に聞いた。

　鶴次郎は藤兵衛が五年前天野屋を開いた時、日本橋の小間物問屋の手代をしていたのを懇願して番頭として雇い入れた。小間物渡世に精通する、藤兵衛にとっての右腕だった。

　昨夜、料理屋で暑気払いの宴を催した。番頭以下、手代、小僧、女中、下働きの者、併せて三十人の宴会であった。上戸《じょうご》の者は上方からの下り酒を味わい、下戸《げこ》の者は大福、羊羹《ようかん》に舌鼓を打った。料理も鯉の洗い、鰹《かつお》のたたき、雉焼《きじやき》など普段なら口に入らないご馳走が並んだ。初秋と正月、藤兵衛は奉公人を労《ねぎら》う宴会を催しているのだ。

「みな、大変な喜びようでございます」

　鶴次郎の言葉を受け、

「そうか。また、楽しくやろうな」

　藤兵衛が言うと、

「旦那さまがこうおっしゃってるんだ。みんな、励まなくちゃな」

鶴次郎が声をかけ、みな一斉に頭を下げた。

（天野屋の前途は日本晴れだ）

藤兵衛は心の底からそう思った。


男は絣《かすり》の着物に黒地の帯を締め、手拭《てぬぐい》で頰被《ほおかぶ》りをすると、神田川に架かる筋違橋《すじかいばし》を渡り天野屋の店先に至った。打ち水をしに出て来た小僧を摑《つか》まえ、

「これ、旦那さんに手渡してくれ」

文を手渡し足早に去って行った。小僧は小首を傾げながらも店に戻り、帳場机で大福帳を見ていた藤兵衛に、

「旦那さま。これをお渡しするよう言付かりました」

藤兵衛は、「誰だい」という言葉を飲み込んだ。差出人に、「やすけ」と見覚えのあるひどい金釘流文字が記されていたからだ。

「ありがとう」

藤兵衛は笑顔を作った。

小僧は足早に立ち去った。鶴次郎は出入り先である旗本屋敷の用人の相手をしている。藤兵衛は弥助からの文を大福帳の間に置いて広げた。

——くれむつ、うらのいなりでまつ——

すべて平仮名のひどい字をなんとか読み終えると、くしゃくしゃに丸め着物の袂《たもと》に入れた。

（あの野郎。性懲《しょうこ》りもなく）

藤兵衛は唇を噛《か》んだ。


日本橋の時の鐘が暮れ六つ（午後六時）を告げた。

藤兵衛は天野屋の裏木戸を抜け、外に出た。提灯《ちょうちん》も持たず、急ぎ足で弥助が指定してきた稲荷に向かう。稲荷は鳥居と祠《ほこら》があるだけのこぢんまりとした社《やしろ》である。人気《ひとけ》はなく、生ぬるい夕風が吹き抜けている。

藤兵衛が鳥居を潜《くぐ》ったところで、

「兄い、しばらくだな」

背中から弥助の声がした。

「おめえ、上方に行ってたんじゃねえのか」

藤兵衛は振り返った。月に照らされたその顔は、誠実無比な商人とは別人の凄《すご》みある表情となっている。口調も大店《おおだな》の主人とは思えない伝法さだ。

「ああ、行ってたんだがな。暮らしにくくなって、やっぱり、おれには上方の水は合わねえや。江戸の水が恋しくなっちまったんだ」

弥助は頬被りをしていた手拭を取り去った。三十路《みそじ》そこその男だ。目が落ち着きなく動き、唇《くちびる》が異様に蒼く薄い。左の目の下に小さな黒子《ほくろ》があった。

「おめえ、変わらねえな。十年ぶりか」

藤兵衛はつぶやいた。

「変わったよ。十年もたったんだ。すっかり、ふけちまったぜ」

弥助は自嘲《じちょう》気味に笑った。

「いや、色男ぶりは捨てたもんじゃねえさ」

「兄い、おれなんぞに世辞なんか言うところをみると、すっかり商人になりきってるんだな。それに、身なりも見違えるようだぜ」

弥助は、「紬《つむぎ》じゃねえか」と藤兵衛の小袖や羽織に馴《な》れ馴《な》れしく触った。

「まあ、今じゃ、まじめな商人だ」

藤兵衛はやんわりと弥助の手を払った。

「兄いは、昔から目先の利くお人だったからな。商人には向いているぜ。店は大いに繁盛しているようだ」

弥助は夕闇が濃くなった空を見上げた。烏が闇に溶け込むように飛んで行く。

「で、おれを呼んだのは……」

藤兵衛は声を潜めた。

「いきなり用向きに入るのかよ。十年ぶりの再会じゃねえか。積もる話もあるっていうのによお、つれねえぜ」

弥助は藤兵衛の顔をねめつけた。

「あいにくと、商いで忙しくてな。ゆっくりもしていられないんだ。はっきり言ってくれ。金か。江戸で暮らす金が欲しいんだろ」

弥助の返事は待たず、藤兵衛は袂から紙包みを取り出した。

「十両だ。持って行きな」

弥助は受け取ると、

「すまねえな。さすがは兄いだ。言わなくっても、おれの気持ちはちゃんとわかってくれてるぜ」

満面の笑みで礼を述べ立てた。

「じゃあな。達者で暮らせ」

藤兵衛は立ち去ろうとした。

それを、

「そんな……冷てえじゃねえか」

弥助は藤兵衛の羽織の袂を摑んだ。藤兵衛は厳しい顔で睨《にら》み返す。

「おめえとは、十年前に別れたんだぜ。おめえは上方へ行くって、自分で決めたんだ。二度と江戸には戻らない。お互い、顔を合わせることはない、そう誓って、金を山分けしたんじゃねえか」

藤兵衛は両手で弥助の着物の襟《えり》を摑んだ。

「く、苦しいぜ……」

顔を歪《ゆが》め弥助は媚《こ》びるような目をした。睨みつけてから藤兵衛は手を離してやった。

弥助は息を整えた。

「わかってるよ。十年前の約束は忘れちゃいねえ。忘れちゃいねえがよ。戻って来ちまったんだ。今さら、上方へ戻る気はしねえよ。大坂じゃ、辛《つら》い目に遭ったんだ。兄いは知らねえが、本当におらあ、ひどい目に遭った。これでもな、懸命に働いたんだ。それなのに報われねえどころか……運がねえんだ」

弥助はぼやき始めた。

藤兵衛と弥助は十年前まで共に同じ盗賊一味に属していた。関東一帯を荒らし回り、江戸の両替商から千両を奪ったところで、一味に追っ手がかかった。頭領以下、主だった者は町奉行所に捕縛された。

ところが、運良く藤兵衛と弥助だけは逃れることができた。幸い、奉行所は盗賊一味を一網打尽にしたと見誤り、それ以上の追っ手をかけなかった。

藤兵衛と弥助は足を洗うことにした。足を洗うに際し、十歳年上の兄貴分だった藤兵衛は弥助を気遣い、千両の等分の五百両を分け与えたのである。

その代わり、

「お互い、二度と顔を合わせない」

と、誓い合った。

藤兵衛は盗人一味に加わりながら小間物の行商人をやっていた。女房と娘には小間物の行商人の顔しか見せていない。盗みを働く際は、行商の旅に出ると告げていたのだ。

地道に小間物の商いを覚え、得意先、仕入先を築いてから店を営むことを夢見ていた。五年前、五百両を元手に念願だった店を構えたのである。

一方、弥助は上方へ旅立ったのだった。

弥助によると大坂で真面目に働いていたそうだ。道修町《どしょうまち》の薬種問屋に奉公し、働きぶりと男前が気に入られ、主人の娘の婿《むこ》になった。しかし、火事で店が焼け、女房も焼死してしまった。薬種の行商人となって再起をはかったが、ほんの楽しみで足を踏み入れた賭場で博打にのめり込み、財産を失ってしまったという。

「勝手な御託を並べるんじゃねえ」

藤兵衛は吐き捨てた。

「ああ、おれは勝手だよ」

「てめえ、五百両は大方、女、博打、酒で溶かしちまったんだろう」

「お察しの通りさ。もう、からっけつよ。だから、兄いを頼るしかねえんだ。今の兄いだったら、おれ一人くらい面倒が見られるはずだ」

「馬鹿な、やくざ者を養う金なんかねえ。十両は昔のよしみで恵んでやる。それを持って、どこへなと行きな」

藤兵衛は言い捨て立ち去った。

その後姿を弥助は暗い目で見つめた。

「おとっつあん、どうしたの……具合、悪いんじゃないの」

居間で食膳を挟《はさ》みお紋が心配そうな顔をした。

「そんなことはないよ」

藤兵衛は返したが、

「でも、先ほどからため息を吐《つ》いてばかりで、食が進んでいない」

お紋が指摘したように藤兵衛の食膳は、申し訳程度に茄子《なす》の煮付けに手がついているだけだ。原因ははっきりしている。

弥助である。

二度と姿を現すなと釘を刺したものの、それを守るとは思えない。

昔から自堕落《じだらく》な暮らしをしている奴だったが、五百両という大金を得たのに身を持ち崩した。あの堕落ぶりはその後の人生を想像させるに十分だ。

（絶対に、また顔を出す）

十両などあっという間に使ってしまうだろう。それからは、ずるずるとたかり続けるに違いない。どうすればいいか。拒絶すれば自分の過去をばらす、奉行所に訴えると脅してくるだろう。

「もう、おとっつあんたら」

お紋に声をかけられ藤兵衛は我に返った。

「ああ、すまない。ぼっとしていた」

「もう、休んだら。疲れているのよ」

お紋は心配げである。

「そうだな。そうするか」

藤兵衛は立ち上がった。

二

三日後の夕暮れ、藤兵衛と弥助は稲荷の境内にいた。

「二度と、顔を出すなと釘を刺したはずだぞ」

「迷惑かい」

弥助はニヤニヤと顔を揺らした。

「はっきり言って迷惑だ」

「迷惑……そうだろうな。昔の盗人仲間の弟分が現れたんじゃ、さぞや迷惑だろうぜ。大店の旦那にとっちゃあな」

「おれを脅すのか」

「脅す……人聞きの悪いこと言ってもらっちゃあ困るぜ。ちょっとの間、昔話に花を咲かせたいだけなんだよ」

皮肉げに口を曲げ、弥助は返した。藤兵衛は尖《とが》った目で弥助を睨む。

「よし、あと、一回だけ金を払ってやる。いいか、二度とおれの前に顔を出さないって約束の上だ。そのつもりで欲しい金の額を言ってみろ」

「そうかい」

弥助は笑みを深めた。

「さあ、いくらだ」

藤兵衛は詰め寄った。

「そうさなあ……」

弥助は勿体《もったい》をつけるように顎《あご》を掻《か》いた。

そしておもむろに、

「五百両」

弥助は右手を広げた。

「ふざけるな！」

藤兵衛は吐き捨てた。

あまりにも図に乗っている。

「ふざけちゃいねえよ。十年前、あんたとおれはお頭たちを見殺しにして千両を山分けした。五百両ずつな。ここで、五百両を出せば、あんたは盗人で得た金を全部吐き出せるというもんだ。真の商人になれるってことだよ」

いけしゃあしゃあと弥助は述べ立てた。

「屁理屈《へりくつ》をこねやがって……とにかく、五百両なんて、とても出せねえ」

藤兵衛は突き放した。

厳然とした藤兵衛の態度に弥助は妥協を示した。

「よし、兄いには世話になったしな。負けるよ。いくらだ。いくらなら出してくれるんだ」

弥助は意外にも低姿勢に出た。藤兵衛はいぶかりながらも、

「二百両だ」

毅然《きぜん》とした口調で告げた。

「二百両、半分以下か」

弥助は苦笑した。

「二百両以上は出せん」

強い意志を伝えるべく藤兵衛は語気を荒らげた。弥助はしばらく考える風に夕闇を見上げていたが、

「いいだろう。二百両で手を打つよ」

「そうか。よし、なら、明日暮れ六つ（午後六時）、ここで」

藤兵衛は去ろうとした。

それを、

「ちょっと、待ってくれ」

弥助は野太い声を出した。その声音は不気味な響きとなって藤兵衛の耳をついた。

「なんだ、了解したそばから気が変わったのか。二百両では不足か」

弥助は下卑《げび》た笑いを浮かべている。

「いや、二百両で十分だ。金に不足はねえ」

弥助は藤兵衛の狼狽《ろうばい》を楽しむように口をつぐんだ。

「勿体をつけず、はっきり言え」

藤兵衛は弥助の着物の襟を摑もうと足を踏み出した。しかし、弥助はするりと藤兵衛の手をすり抜け、

「おおっと、乱暴はよくねえぜ」

「おれは、忙しいんだ。言いたいことがあるんなら、早くしてくれ」

苛立《いらだ》つ藤兵衛をいなすように弥助は横を向いた。そして、藤兵衛を横目で見ながら、

「兄いの娘さん、大した別嬪《べっぴん》だってな。なんでも神田小町って評判だそうじゃねえか」

「てめえ、お紋のことを」

藤兵衛は弥助の着物の襟を摑んだ。弥助は薄ら笑いを浮かべた。

「お紋ちゃんて言うのかい。あんまり評判がいいんでな、顔を拝ましてもらったぜ。なるほど、ありゃ上玉だ。器量だけじゃねえ、気だても良い娘だ」

「てめえ、お紋に何をしやがった」

藤兵衛は襟を絞め上げた。

「おおっと、苦しいぜ。何もしてねえよ。ちょっと、二言三言、口を利いただけだ。神田明神までの道を尋ねたんだよ。親切に教えてくれたぜ」

弥助は裏木戸からお紋が出てきたところを見計らい、道を尋ねるふりをして話しかけたのだ。

「なあ、兄い。金は二百両で我慢する。その代わりと言っちゃあなんだが、お紋ちゃんを抱かしてくれ」

「馬鹿なことを抜かすな」

藤兵衛は手を解いた。

「ああ、馬鹿なことだぜ。おらあ、馬鹿だからな。馬鹿を承知で言ってるんだ。お紋を抱かせろ」

弥助は強い口調で言った。

「てめえ、相変わらずだな」

「何だよ……相変わらずって」

弥助は鼻で笑った。

「昔、てめえはお頭の女に手を出そうとして半殺しの目に遭ったじゃねえか」

「ああ、忘れてねえよ。兄いが間に入ってくれなかったら殺されていただろうさ」

弥助は肩をそびやかした。

「てめえは、とことん、性根の腐った野郎だな」

「ああ、そうだよ。腐れ外道よ、このおれはな。だがな、そんなおれとあんたは同じ穴の狢《むじな》だったんだぜ。忘れてねえだろうがな」

弥助は言うや、藤兵衛の着物の襟を摑んだ。藤兵衛はされるに任せた。

「とにかくだ、お紋を抱かせろ。でなきゃ、この足で恐れながらって、御奉行所へ訴え出るぜ。十年前の両替商駿河屋《するがや》に押し入った盗賊の生き残りでございますってな」

弥助は襟を摑んだ手を大きく揺さぶった。

「離せ」

藤兵衛が力なく抗うと、弥助は表情を落ち着かせ、手を解いた。

「わかった」

という藤兵衛の言葉を弥助は聞くと、

「さすが、兄いだ。話がわかるぜ。なに、一回だけでいいんだ。おれだって、一生に一回くらい生娘《きむすめ》を抱きてえって、そう思っただけなんだからな」

言い訳でもするように言い添えた。

「念のため言っておく。金二百両とお紋を一回だけ抱かせる、この条件でな……」

「おおっと、わかってるよ。それ以上言うなって。もう二度と兄いの前には姿を見せねえよ。じゃあ、まず、二百両を受け取りに明日ここで」

弥助は浮きたつ気持ちを抑えるように言い残すと、足早に去って行った。その後姿を眺めながら、

(あの野郎が約束を守るはずがねえ)

藤兵衛は唇を噛んだ。それより何より、たとえ一度でもお紋があの獣に抱かれると思うと、胸が張り裂けそうだ。

(このままでは破滅だ)

藤兵衛は今まで築いてきた天野屋の商い、お紋との暮らしが音をたてて崩れ去る恐怖に身をすくませた。

翌晩の夜九つ（午前零時）弥助は天野屋の裏木戸に立った。森閑《しんかん》とした闇の中にコオロギやマツムシの鳴き声が響き渡っている。夜風が頬を撫《な》で、懐に納めてある二百両がずしりと心地よい。

藤兵衛は約束通り、暮れ六つ（午後六時）に稲荷で二百両を払ってくれた。そして、その時、九つに忍んで来るよう言い渡されたのだ。もはや、藤兵衛は自分の言いなりだ。いい金蔓《かねづる》ができたものである。せいぜい、藤兵衛の身代をしゃぶり尽くしてやる。

お紋のことも……。

弥助はお紋の身体を思い浮かべ、欲情に身を震わせた。お紋に会う為、身嗜《みだしな》みを調《ととの》えようと、新しい絣の着物を着てきた。髪結い床で月代《さかやき》と髭《ひげ》も念入りに剃《そ》ってもらった。

秋の虫の鳴き声をつき、口笛がした。短い音を三回連続させる独特の吹き方だ。

（懐かしいぜ）

かつて、盗人一味の間で交わされた合図の口笛だった。

「ぷ、ぷ、ぷぷぷ」

弥助も口笛を返した。

すると、

「早くしろ」

藤兵衛の囁《ささや》き声がして裏木戸が開かれた。

「へへ、すまねえな」

弥助は裏庭に身体を入れた。

おぼろ月に暗い影となって浮かんだ母屋や店は、固く大戸が閉じられている。藤兵衛が持つ提灯の灯りが火の玉のように揺れていた。

「お紋はどこだい。母屋の寝間か。今頃、布団にくるまっておれのことを待っているのか」

高ぶる気持ちを抑えかねるように、弥助は早口に捲《まく》し立てた。

「静かにしろ。奉公人たちが起きる」

藤兵衛に言われ、弥助は口を閉じた。藤兵衛は提灯で足元を照らしながら歩き、店の裏手に隣接した土蔵の前に立った。

「なんだ、こんな所でおねんねしているのかい」

弥助は土蔵の海鼠壁《なまこかべ》を見上げた。

「母屋に忍び込んだらばれるだろう。お紋は土蔵で草双紙を読んでいる。錠は外してある。開けろ」

藤兵衛は事務的な口調で言った。

「どこでもいいや」

弥助は下卑た笑いを浮かべ、引き戸を開けた。小窓から月明かりが射しこんでいるが中はよくは見えない。藤兵衛は素早く身を入れた。弥助は闇に夜目を慣らそうとしばらく佇《たたず》んでから足を踏み入れた。

刹那《せつな》、藤兵衛は千両箱を持って弥助の背後に立った。弥助が振り返る間もなく、

「この、腐れ外道」

囁くと、弥助の後頭部目がけて思いきり振り下ろした。

「ぎゃあ」

弥助はくぐもった声を出すと、前のめりに土蔵の床に倒れた。藤兵衛はすかさず、弥助の傍らに駆け寄った。脈を診《み》て、さらには息をしているか確かめた。弥助は事切れていた。

「ふん、分をわけまえねえからだ」

藤兵衛は吐き捨てるように言うと、千両箱を見た。角に弥助の血がべっとりと付いている。藤兵衛は月明かりを頼りに穴蔵の蓋《ふた》を開けた。

縄梯子《なわばしご》を下ろし、千両箱を持って地下に降りた。火事になった場合を想定して設けられた蔵である。千両箱や帳面といった大事な物が納められていた。藤兵衛は血の付いた千両箱を床に置いた。

次いで、縄梯子を上がり、弥助の亡骸《なきがら》まで戻る。額《ひたい》や首筋から汗が滴り落ち、弥助の真新しい着物を濡らした。袖で額の汗を拭い、深く息を吸い込むと弥助の亡骸を担ぎ上げる。

大して重くはない。火事場の馬鹿力かと思いながら再び梯子を下り、穴蔵の中に立った。

「おめえは穴蔵に忍び込んだ盗人だ。ところが、梯子から滑り落ちて」

藤兵衛は弥助の遺体を床に横たえた。そして、千両箱を枕のように頭の下に敷いた。次いで、着物の懐を探り、二百両を回収した。次いで、何か不都合な物を持っていないかを確かめる。弥助の素性と自分との関係を示す物がないことを確認した。

「梯子から滑り落ちて千両箱の角に頭を打ちつけ、あの世へ行った。と、まあどじな盗人だ。腐れ外道のおめえにぴったりな最期だぜ」

藤兵衛は言うと、梯子を登り、雑巾《ぞうきん》で弥助の血の痕を丁寧《ていねい》に拭き取った。

「よし」

念のため、明朝遺骸を見つけるときにもう一度血の痕を確かめておこう。

藤兵衛は土蔵を出た。闇には秋の虫の鳴き声が平穏に広がっていた。

三

翌朝、早瀬菊之丞は薬研の寅蔵を伴い天野屋にやって来た。

店に入る前に寅蔵が説明した。

「主人、藤兵衛の報《しら》せでは、土蔵に忍び込んだ盗人が死んでいたってことですよ」

「盗人は自害でもしたのかい」

菊之丞は首を捻《ひね》った。

「それが、使いの話ではなんとも要領を得ませんで」

寅蔵は頭を掻いた。

「ふ～ん、まあ、いいや。天野屋で見ればわかるだろうからねえ」

菊之丞と寅蔵は土蔵のある裏手に回った。裏木戸で初老の男が待っていた。

「番頭の鶴次郎と申します」

鶴次郎は腰を折ると、菊之丞と寅蔵を裏庭に導き入れた。

「盗人に入られたってこってすが」

寅蔵が確かめると、

「主人が土蔵で待っております」

鶴次郎は答えず土蔵に向かった。

土蔵は店の裏手に六つ設けられていた。いずれも瓦《かわら》が朝日を受け、黒光りしている。

鶴次郎はその内の一つに菊之丞と寅蔵を導いた。

引き戸は開け放たれ、その中に中年の男が立っていた。小袖に黒紋付を重ねているが前掛けはしていない。果たして、鶴次郎が、「主《あるじ》の藤兵衛です」と小声で紹介した。

「これは、お役人さま、朝早くからご足労をおかけします」

藤兵衛は丁寧な物腰で頭を下げた。

「ご足労もなに、それが役目だからねえ」

けろっと菊之丞は返した。

力士のように大きな身体、身体にふさわしい巨顔、そして大きな顔を支える猪首《いくび》、逞しさを通り越した剛健さを湛《たた》えている。巨顔を形作っている面相は太い眉毛にぎょろ目、大きな鷲鼻《わしばな》に分厚い唇《くちびる》、とまるで歌舞伎役者が悪役を演ずる際の化粧のようだ。一町離れた所で見かけても菊之丞とわかるだろう。

総じて、一目見れば忘れがたい容貌であった。

「それはそうですが……」

異相の八丁堀同心の言葉に戸惑い、藤兵衛は口ごもってしまった。

寅蔵が間に入り、

「使いの話ではよくわからなかったんですがね、盗人の奴、蔵の中で死んでるんですね」

「ええ、それが」

藤兵衛は穴蔵を振り向いた。蓋が開いたままになっている。

「ああ、穴蔵で死んでいるんですか」

寅蔵は穴蔵の縁まで歩いた。

藤兵衛が、

「鶴次郎、お店を頼む。わたしは、お役人さまの相手をしなければならないから」

「わかりました」

鶴次郎はぺこりと頭を下げると、踵《きびす》を返した。

「へえ、こりゃ！」

寅蔵が驚きの声を放った。

菊之丞が寅蔵の傍らに立った。

「なるほど、こりゃ、死んでるねえ」

菊之丞は弥助の遺骸《いがい》を見下ろしたまま言った。

「そのようで」

藤兵衛は短く答えた。

「降りるよ」

菊之丞は縄梯子を下りた。

巨体に似合わず、するすると軽やかな動きで穴蔵に降り立つ。寅蔵も続いた。

六畳ほどの板敷に千両箱が積んである。周囲には棚が設けられ、帳面が納められていた。弥助は板敷の真ん中で千両箱を枕に大の字になっている。寅蔵が弥助の脈を取った。次いで、菊之丞を見上げて首を横に振る。

「脈を取るまでもないよ。ずっと、瞬きしていないじゃないか」

寅蔵の努力を無にするようなことを言い、菊之丞は弥助の亡骸の前に屈《かが》んだ。

「千両箱に頭をぶつけてますぜ」

と、寅蔵は菊之丞に視線を向けてから、

「見りゃ、わかりますが……」

と、くさされる前に言い添えた。

「そうだねえ」

素っ気なく返すと、菊之丞は弥助の頭の下の千両箱を取り出した。血がべっとりと付いている。後頭部を探ると、石榴《ざくろ》のような傷口がぽっかりと口を開けていた。

「ということは……」

菊之丞は縄梯子を登る。

「盗人の奴、この縄梯子を伝って穴蔵に降りようとして足を滑らせ、落っこちたってことか」

菊之丞は後ろ向きになって床に飛び降りた。

「ところが、運悪く、いや、盗人だ、運悪くなんて言ったら天野屋さんに失礼だね。ま、それは、ともかく、盗人の奴、千両箱に頭をぶつけて成仏しちまったってことだな……一見!」

最後の言葉、「一見」を強い口調で言ってから菊之丞は見上げた。藤兵衛が深刻な顔をして見下ろしている。

「自業自得ってやつですね」

寅蔵が言うと、

「そのように見えるねえ」

菊之丞は冷めた口調で返した。

「何か問題がありますか」

寅蔵は心配になった。

それには答えず、

「小幡先生は」

小幡先生とは南町奉行所で管轄する事件の検死を行っている医師小幡草庵のことである。

「声をかけていますんで、もうすぐいらっしゃいますよ」

寅蔵が返すと、

「はげ寅にしては気が回るじゃないか。うむ、感心、感心」

人を食ったように言うと菊之丞は梯子を登った。寅蔵も続く。

「天野屋の旦那、ま、不幸中の幸いだ。盗人は自業自得であの世行きだ」

寅蔵は藤兵衛に苦笑して見せた。

「まったく、とんだことでした」

藤兵衛は顔をしかめた。

「盗人が足を滑らせて梯子から落ち、千両箱の角にぶつけて死んだ、ってことで一件落着だと思うんですが、一応、事実関係をはっきりさせておかなくっちゃならねえ。旦那には、ちょいと話を聞くことになりますよ」

寅蔵は断りを入れた。

「それはもう。わたくしでよろしかったら、何でもお話し申し上げます」

藤兵衛は口元を引き締めた。

四

菊之丞と寅蔵は藤兵衛を伴い、土蔵を出た。

「では、そなたが盗人を見つけた時のことを話してもらおうかな」

菊之丞が問いかけたところで、母屋の障子《しょうじ》が開き縁側に娘が出て来た。事の成り行きが心配なのか、土蔵の方に顔を向けてくる。

藤兵衛が娘のお紋です、と紹介した。

朝日を受けたお紋の瑞々《みずみず》しい美貌は、辺りを明るく照らしだすほどに際立っている。

「心配ない、中に入っていなさい」

藤兵衛に言われお紋は菊之丞と寅蔵にお辞儀をすると、部屋の中に戻った。

「どうも失礼申し上げました」

藤兵衛が詫《わ》びると、

「ありゃ、別嬪さんですね。神田小町って評判通り、いや、それ以上だ……ねえ、菊之丞の旦那」

声を上ずらせ寅蔵はお紋を褒《ほ》め上げると、菊之丞に同意を求めた。

「美人には違いないが、不幸せさを感じるねえ」

遠慮会釈なく菊之丞は思う様を口に出した。

寅蔵は顔をしかめた。余計なことを言わないでください、という願いが表情に込められている。

しかし、菊之丞が忖度《そんたく》することなどないし、藤兵衛とても娘の不幸が気にならないはずはない。

「どういうことでござりましょう」

藤兵衛は菊之丞に問いかけた。

菊之丞は藤兵衛に向き、

「眉と眉の間、観相で言うところの印堂《いんどう》だ。印堂にね、影が差しているのだよ。わたしはね、観相の大家水野南北先生の直弟子、黙って座れば、ぴたりと当たる……。腰を据えて見るまでもなく、あの娘の不幸せさは一瞥《いちべつ》しただけでわかったのさ」

と、誇らしそうに自分の眉間《みけん》、すなわち印堂を指差した。

「眉間にでございますか」

藤兵衛は首を捻り、手前には見えませんが、とおずおずと返した。

「あんた、それでも父親かい」

責めるような口調で菊之丞は言い立てる。

「は、はあ……」

藤兵衛はうろたえた。

寅蔵は藤兵衛に背を向け、困ったもんだ、と呟《つぶや》いた。

気を取り直して、

「あの、お役人さま……」

藤兵衛が問いかけると、

「早瀬だよ」

菊之丞は藤兵衛にぎょろ目を向けた。圧倒されるように藤兵衛は失礼しました、と謝ってから、

「早瀬さま、お紋はどのように不幸せなのでしょうか。縁談も決まりました。幸い、相手もとてもいい婿さんなのですが」

困惑する藤兵衛に、

「婿はいいんだろうねえ。わたしはね、夫婦になってからの暮らしを言っているんじゃないさ。今、お紋に不吉な影が差しているんだよ」

すまし顔で菊之丞は答えた。

「そ、そんな……」

絶句し、藤兵衛は天を見上げた。

不安そうな藤兵衛に斟酌《しんしゃく》することなく、

「ま、それは置いておくとして、盗人の亡骸を見つけた経緯を詳しく聞こうか」

しれっと、菊之丞は言った。

藤兵衛は承知したものの、うわの空である。無理もない、と寅蔵は同情した。盗人に入られた上、死なれてしまった。

まっとうな商いをしているのに、事件探索にやって来た八丁堀同心から娘に不幸の

影が差している、などと頼みもしない観相をされては、動揺を隠しきれないだろう。

それでも、菊之丞の問いかけに真摯《しんし》に答えようと藤兵衛は菊之丞にお辞儀をしてから語り始めた。

「今朝、朝餉をいただきましてから、裏庭を一周りしたのです」

「一周りしたというのは……」

早々に菊之丞は話を遮った。

「毎朝、そこの稲荷にお参りするのが日課でございます」

藤兵衛は庭の片隅にある小さな祠を見やった。

「なるほど、今朝もお参りしようと思って足を向けたところ、土蔵の引き戸が開いていることに気づいた、ということだね」

菊之丞が確かめると、

「その通りでございます」

「盗人はこの土蔵が金蔵だと知っていたのかな。同じような土蔵が金蔵を含めて六つあるものねえ……」

土蔵を見回してから菊之丞はふと気づいたように、地べたに落ちている錠を拾い上げた。藤兵衛はどきりとした。そんな藤兵衛の心の内など知るはずもなく、

「錠前が外されていたのはこの土蔵だけだね。盗人は、はなからこの土蔵に狙《ねら》いをつけていたってことになる」

菊之丞に促《うなが》され、寅蔵は他の二つの土蔵の錠前を調べた。二つとも、外されていないし、外そうと試みた痕跡もなかった。

土蔵は裏木戸近くに三つ、板塀《いたべい》に沿って三つが立ち並んでいる。いずれも、海鼠壁、桟瓦という同じ造りだった。大きさもほぼ同じである。

なるほど、盗人は金蔵だと知っていて錠前を外したように思える。運よく、六つの内最初に錠前を外した土蔵が金蔵であったのだろうか。それとも、前もって下調べをしていたのかもしれない。

「他の蔵には何が入っているのだい」

菊之丞が問うと、

「あの三つにはお店の品々が」

藤兵衛は板塀に沿って設けられた土蔵を指差した。次いで、

「あの二つは米、味噌、醤油、それから、炭などが」

と、裏木戸近くの土蔵を指差す。

「盗人は天野屋さんの内情を知っていたのですかね」

寅蔵は考えるように腕組をした。

「そうだとしましたら、恐ろしいことでございます」

藤兵衛は身をすくませた。

「それで、戸が開いていることが気になり、足を踏み入れたんだね」

菊之丞は錠を藤兵衛に渡した。

「さようでございます。中に入ると、穴蔵の蓋が開いておりましたので、これは盗人に入られたのではないかと、覗《のぞ》き込んだのでございます」

「すると、どじな盗人野郎が床に倒れていたってわけだ」

なるほど、と寅蔵は納得した。

「はい。もう、驚きました」

藤兵衛は胸に手をやった。

寅蔵はうなずいたが、

「そら、驚くね。で、すぐに盗人は死んでいるとわかったのかい」

菊之丞は疑念を投げかけた。

「いいえ、死んでいるとまではわかりませんが、動く気配がありませんでした。ともかく、番頭の鶴次郎と相談し、騒ぎが大きくなる前に御奉行所にお報せした方がいいだろうと、使いをやったのでございます……自分で梯子を下りて死んでいるのかどうか確かめなければいけなかったのでしょうが、怖くて……亡骸も薄気味わるいですし、もしかしたら、気を失っているだけで、襲われるかもしれないって恐怖にも襲われました」

怖くてという藤兵衛に寅蔵は理解を示し、

「ま、それが、懸命な処置だったと思いますよ。で、旦那、旦那は盗人の顔に見覚えありやせんか」

と、藤兵衛の顔をじっと見た。藤兵衛は一瞬ぎくりとしたが、

「一向に……」

首を横に振った。

寅蔵はそれを受け入れたが、菊之丞は更に踏み込んだ。

「盗人に知り合いなんかいるわけがないだろうが、さっきも言ったように、盗人はこの土蔵が金蔵だと知っていたかのようだねえ。つまり、天野屋の様子を探っていたことになる。すると、ここ最近、この辺りをうろついていたかもしれない。それとも、客のふりをして店に出入りしていたことも考えられる。で、見覚えはないかい。盗人の奴、悪相をしているから目立ったはずだがね」

迷いもなく悪相だと菊之丞は言ったが、観相に無縁な者にはわからないだろう、と寅蔵は思った。

実際、

「なるほど、ごもっともですが、悪相となりますと……」

藤兵衛は困惑した。

悪相といえば、早瀬菊之丞の方がよほど悪党面《あくとうづら》である。

そんな風に思っていると、

「あんた、盗人の顔をじっくり見たわけじゃないんだろう。穴蔵には降りていないいんだからねえ」

菊之丞は問いを重ねた。

「ええ、まあ……」

藤兵衛は口ごもった。

「なら、悪いが、穴蔵に降りて、盗人の顔をじっくりと見てくれないか。決して気持ちの良いもんじゃないがね」

菊之丞は求めた。

「わかりました。わたくしだけではなんでございますから、番頭と手代、いえ、店の者全員にも確かめさせます」

藤兵衛が申し出ると、

「そうだね。そうしてくれると聞き込みの手間が省けるね」

菊之丞が了解すると、藤兵衛は土蔵を出て行った。

（くそ、面倒な真似《まね》をさせやがって）

藤兵衛は内心で毒づいた。

しかし、ここはあの妙な同心の言うことを素直に聞き入れ、早い内に盗人の事故死として落着させることだ。観相だか何だかしらないがお紋に不幸の影が差している、とは不吉なことを言うものだ。

弥助を知る者はいない。自分と死んだ盗人を結びつける物は何もないのだ。

五

結局、鶴次郎、手代たちや奉公人全て、盗人の顔を見知った者はいなかった。

「盗人が自分の顔を店の者の心に残るような真似をするはずもねえか」

寅蔵は疑わなかった。

「ともかく、得体の知れねえ盗人が土蔵に忍び込んで、千両箱を盗もうとして罰《ばち》が当たり、命を落としたということでございますね」

藤兵衛は結論づけようとした。

ところが、菊之丞は小首を傾げた。藤兵衛にはそんな菊之丞の素振りがなんとも不気味に見える。

（なんだ。何を疑っているのだ）

菊之丞は何かを思いついたように顔を上げ、

「念のため、娘さんにも盗人の顔を拝んでもらおうか」

藤兵衛は心の臓をえぐられたような気がした。弥助はお紋と口を利いているのだ。そのことをお紋が覚えているか。覚えていてもそれがどうということはない。しかし、お紋に弥助のむごたらしい遺体を目にさせることには抵抗がある。

「あの、どうしても、見せなければなりませんかね」

藤兵衛は苦渋の色を浮かべた。

寅蔵が藤兵衛の気持ちを察したように、

「旦那の気持ちはわかりますよ。娘さんにあんなむごたらしい盗人の亡骸を見せるのは気が進まないでしょう。それに、娘さんが盗人の顔を覚えていたところで、どうなるものでなし。ですよね、早瀬の旦那」

寅蔵が言うと、「そうだな」と意外にも菊之丞はあっさりと要求を引っ込めた。藤兵衛はほっと胸を撫で下ろした。

「よし、話はわかりました。あとは、亡骸の始末を含め、こちらでやっときますから、旦那、どうぞお店へ、いや、娘さんの所へ」

寅蔵は明るく言った。

そこへ、医師の小幡草庵がやって来た。

「ご苦労さまです」

寅蔵はぺこりと頭を下げた。藤兵衛も腰を折った。

「先生、仏はこちらです」

寅蔵は土蔵に案内し、穴蔵を指差した。

「どれ、どれ」

草庵は薬箱を寅蔵に渡すと、縄梯子をつたって降りて行った。

「ま、先生の検死を待つまでもありませんよ。忍びこんだ盗人が足を滑らせて梯子から落下し頭を千両箱の角にぶつけて死んじまった、ってことで落着でしょう」

寅蔵の顔には一点の曇りもなかった。

草庵も異儀を唱えなかった。

それでも検死を続ける草庵を残し、菊之丞と寅蔵は土蔵の外に出た。

「日本晴れだねえ」

菊之丞は抜けるような青空を振り仰《あお》いだ。釣られるように寅蔵も空を見上げる。

「盗人一人が死んで、江戸はめでたいということか」

菊之丞はにこやかな顔をした。

「一杯やりますか。うちで」

寅蔵は猪口《ちょこ》で飲む真似をした。

「そうだねえ、と言いたいところだが、いくらなんでもまだ朝だからな」

菊之丞は太陽を見上げた。

「亡骸、ひとまず番屋に運びますか」

「そうしよう。いつまでも、土蔵の中に置いておくのは天野屋さんがかわいそうだ」

菊之丞は店から大八車を借りてくるよう言いつけた。

「さあ、先生の検死も終わりましたかね」

寅蔵は踵を返し、穴蔵に戻った。

「先生、検死は終わりましたかね。終わったんなら仏を番屋まで運ぼうと思うのですが」

「そうか。かまわんよ。おおよそは終わった。詳しくは番屋に運んでからの方がいいしな」

草庵は下から見上げた。

菊之丞と寅蔵は穴蔵に降りた。三人がかりで弥助の亡骸を担ぎ出した。表に出ると、店の小僧が大八車を用意して待っていた。

「さてと」

菊之丞の合図で寅蔵が弥助の亡骸を大八車に乗せた。

「おい、筵《むしろ》を」

菊之丞に言われ寅蔵が小僧に筵を貰いに行った。亡骸に被せた。筵が人型に盛り上がった。その時、母屋の障子が開きお紋が姿を現した。お紋は菊之丞と寅蔵に頭を下げると、店のほうに歩いて行った。

「良い女だねえ」

菊之丞はお紋の後姿を目で追い、ため息混じりに言った。

「でしょ。あっしの目に狂いはねえんで」

寅蔵は得意げに言ったが、

「そんな時に使うんじゃないよ」

菊之丞はおかしそうに笑った。

「ともかく、番屋へ運びましょう」

寅蔵が錠前を拾い上げた。

「下手人は藤兵衛だな」

唐突に菊之丞は言った。

「……ええ、な、何ですって」

寅蔵は呆気《あっけ》に取られた。

「耳が遠いのかい。下手人は主人の藤兵衛だと言っているんだよ。黙って座ればぴたりと当たる……観相で藤兵衛の仕業《しわざ》、と出ている」

すまし顔で菊之丞は返した。

「そ、そんな馬鹿な……どうして、藤兵衛さんが」

抗うような寅蔵に、

「わたしに聞いたってわからないさ。お縄にしてから藤兵衛に聞けよ」

当然のように菊之丞は返した。

「そりゃ、そうですが……どうして、藤兵衛さんの仕業とお考えなんですか。いや、その前に、そもそもこれは殺しなんですかね。足を滑らせて落っこちたって、まあ、どじな盗人の事故ってことじゃないんですか」

戸惑い、寅蔵は問い返した。

「これを見ろ」

菊之丞は外された錠前を手に取り、寅蔵に示した。寅蔵は受け取りしげしげと眺める。

「鍵穴を見ると、ほとんど傷が入っていない。つまり盗人は、相当に錠前外しの腕がいい、ってことになる。だが、穴蔵に落っこちて死んでしまった。出来る盗人ならそんなどじは踏まねえ。それと、土蔵は六つあるんだ。それが、他の五つには見向きもせずに最初から金蔵を見定めていた。そう、考え合わせると、下手人は藤兵衛だねえ」

すらすらと菊之丞は推量を述べ立てた。これを受け、

「なるほど、そりゃ、ごもっともだ。ですが、どうして藤兵衛が盗人を殺すんです。あ、そうか。藤兵衛は盗人に脅されて、土蔵を開けさせられ、中に入ったところで穴蔵に突き落としたってことじゃありませんかね」

寅蔵が推量すると、

「それならそうと、藤兵衛は言いそうなもんだがな……」

菊之丞は言った。

「店の体面を気遣って……ああ、それと、娘さんを気遣って……いくら盗人で、店を守る為とはいえ、殺《あや》めてしまったとは言い辛かったのじゃありませんかね」

寅蔵は藤兵衛を庇《かば》い立てた。

そんな寅蔵を冷ややかな目で見て、

「そもそも、殺された男は、盗人だったのかな」

と、菊之丞は疑問を呈《てい》した。

目をむいて寅蔵は、

「あいつは金蔵に盗みに入ったじゃありませんか」

「おまえさん、十手《じって》持ちなんだから、物事は正しく、事実だけを見なきゃいけないよ」

菊之丞は顔をしかめた。

ご自分は事実とはかけ離れた観相をしていらっしゃるじゃありませんか、と寅蔵は内心で不満を漏《も》らした。

寅蔵の不満を他所《よそ》に菊之丞は続けた。

「いいかい。事実はね、あの男が金蔵に入り、穴蔵で千両箱に頭をぶつけて死んでいたってことだ」

馬鹿にされたままでは不服だと寅蔵は返した。

「ですから、金蔵に入ったってことは盗みが目的だったんじゃありませんか。まさか、夜中に金蔵見物に来たってわけじゃないでしょう」

「ああそうだよ、見物じゃないだろう。しかし、盗みに入ったとも思えない」

「どうしてです。観相で盗みじゃない、と出ているからですか」

寅蔵は食い下がった。

「観相に頼るまでもないよ。殺された男の顔と形《なり》を思い出してみるのだよ」

菊之丞に言われ、寅蔵は眉根を寄せ記憶の糸を手繰《たぐ》るように空を見上げた。菊之丞は寅蔵が思い出す前に、

「月代と髭はきれいに剃られていた。おそらくは夕方に髪結い床に行ったのだろう。それと、絣の着物は糊付《のりづ》けがなされ、新しかった。余所《よそ》行きの格好だ。そんな格好で盗みに入るとは思えないねえ。まるで、好いた女に会いに行くかのようだよ」

菊之丞は、「さて、面白くなってきた」とうれしそうに両手をこすり合わせた。

六

翌日、寅蔵が菊之丞を訪ね南町奉行所へやって来た。長屋門脇に設けられた同心詰所に入って行くと、

「おお、はげ寅」

あくび混じりに菊之丞が声を放った。

詰所は土間に縁台が設けられ、定町廻《じょうまちまわ》りの同心たちや小者が詰めている。寅蔵は詰所に控える同心たちに頭を下げながら菊之丞の前に立った。

「ちょいと頼みが……例繰《れいく》り方《かた》で昨日の仏について調べていただきたいんですよ」

寅蔵は仏が凄腕の盗人であったはずだと述べ立てた。一晩考えましたが、盗みに入ったとしか思えない、と寅蔵は盗みに拘《こだわ》った。

「ふ～ん、凄腕な。そうかな」

菊之丞は小首を傾げた。

「頼みますよ。例繰り方で、あの仏に繋《つな》がりそうな盗みがあるか調べてくださいよ」

寅蔵は懇願した。

「わかったよ」

めんどくさそうに菊之丞は重い腰を上げた。

「すんませんねえ」

寅蔵がぺこりと頭を下げると、格子窓越しに小幡草庵が奉行所の表門である長屋門の潜り戸から入って来るのが見えた。

「丁度いいや」

寅蔵が格子窓に寄り、草庵を呼んだ。草庵は寅蔵と菊之丞をみとめ、にこやかな顔でやって来た。

「丁度、検死の報告に伺おうと思っていたところじゃった」

草庵は菊之丞の横に腰掛け、薬箱から報告書を取り出した。

「死因は昨日の朝に診立《みた》てた通りじゃ。千両箱の角に頭を打ちつけて髑髏《しゃれこうべ》が砕かれておった。他には、怪我《けが》はなかった」

草庵が言うと、

「穴蔵にも争った跡はありませんでした。千両箱に頭をぶつけて死んだってことで間違いないと思いますよ」

寅蔵は受け入れた。

「なら、それでいいじゃないか」

菊之丞は男の死因には関心がなさそうだ。

「でも、千両箱の角に頭をぶつけて死んだにしてもですよ、梯子から落っこちてぶち当たったってのは、いささかどじ過ぎやしませんかね」

寅蔵なりに疑問が湧いたようだ。

「凄腕の盗人がそんなどじを踏むわけがないと言いたいのかい」

自分の診立てをけなされたと思ったのか、草庵は不快そうに息を吐いてから、

「じゃあ、盗人は千両箱で殴られた、とでも言いたいのか」

「殴られたか、あるいは突き落とされたか……」

寅蔵は首をひねった。

「一体、誰に……」

草庵は寅蔵に向かって顔を突き出した。

「それを探る必要がありますね」

「探るに当たって盗人の素性がわかればってことか。よし、例繰り方で調べてくるよ」

菊之丞は引き受けた。

「草庵先生、仏の顔を絵にしてもらえませんかね。できれば、二枚」

草庵は似顔絵の名人として知られている。寅蔵は仏の似顔絵を二枚作成し、聞き込みをするつもりだ。草庵は嫌な顔をすることなく、いや、むしろ喜々とした表情で懐紙と矢立を取り出した。

草庵は筆の運びも鮮やかにすらすらと弥助の似顔絵を作成した。

「さすがは、草庵先生だ」

寅蔵はしきりと感心した。弥助の特徴である左目の下の黒子や薄い唇が鮮やかに描かれている。

「よし、じゃ、この一枚を持って例繰り方へ行ってくるよ」

菊之丞は出て行った。

寅蔵は立ち去ろうとする草庵を引き止め、盗人が殴り殺された可能性についてあれやこれや聞いた。

「殴ったとすると、仏の傷の位置からして下手人は真後ろに立っていたことになる。真後ろから千両箱を振り上げて、となると」

草庵が考えを述べ立てたところで、

「こりゃ、ちょっとした力が必要だ。すると、男か。男ということは」

寅蔵は視線を彷徨《さまよ》わせながら千両箱を振り下ろす真似をした。

「男は、背が高いことになるな」

草庵は言った。

すかさず、

「それと、仏のことをよく知っている男ということになりますぜ。何故《なぜ》なら、忍びこんだ先で見知らぬ男に背中を向けることはないでしょ。仏は下手人と顔見知りだった。ということは……。わかった！」

寅蔵は両手を打った。草庵は寅蔵の勢いに口を開けて見返した。

「下手人は盗人仲間だ。ね、そうでしょ」

賛同を求められ草庵は反射的にうなずいた。寅蔵は図に乗り、

「盗人は二人組だった。二人で穴蔵に忍び込み、仲間割れをした。それで、仏の奴は片割れに千両箱で殴られ殺された。そうだ、そうに違いない」

寅蔵は結論付けた。

「でも、天野屋では盗まれた物はないと言っていたのでは」

草庵は寅蔵のせっかくの考えに水を差すことを悪いと思ったのか、遠慮がちに言った。

「そうでしたかね。ま、いいや、これから行って本当に何も盗まれていなかったのか調べてきますよ」

寅蔵は気にすることなく腕捲《うでまく》りをした。すると、菊之丞が戻って来た。菊之丞はそれらしい盗みはないと告げたが、寅蔵は自分の考えを信じ込んで奉行所を後にした。

七

寅蔵は天野屋を訪れた。すぐに、母屋の客間に通された。縁側に面した十畳の座敷である。

「どうも、ご苦労さまです」

藤兵衛はにこやかに応対した。

「いえね、ちょいと気になることがありましたんでね」

寅蔵はおもむろに語り出そうとしたが、障子が開きお紋が入って来たので口を閉ざした。お紋は茶を持って来た。つい、お紋の美貌に目をやってしまう。お紋は上品な仕草でお辞儀をすると、「ごゆっくり」と頭を下げて出て行った。それを、愛《いと》しげな目で藤兵衛は見送っていた。

「ああ、すみません」

藤兵衛は寅蔵に茶を勧めた。

「盗人の一件ですがね、何か盗まれた物、千両箱、あるいはなんらかのお宝か何か、なかったですかね」

寅蔵の意図が読めず、藤兵衛は探るように上目使いになった。

「別に、何も」

「そうですかね」

寅蔵は腕組をした。

「盗人は盗みに入ろうとして梯子から落ちたのでございましょ。ですから、盗まれた物などなかったとしても不思議はないと存じますが」

「そう考えればそうなんですがね」

藤兵衛の目には、その寅蔵の態度がなんとも思わせぶりなものに映った。この岡っ引は見抜いたのではないか。この寅蔵という男、これまでにも様々な難事件を落着に導いていると評判だ。凄腕の岡っ引に違いない。

少なくとも風変わりな観相同心よりも手強そうだ。

「では、念のため番頭を呼びましょう」

藤兵衛は居たたまれなくなり、部屋を出て鶴次郎を呼んだ。

鶴次郎も、土蔵から盗まれた代物はないと断言した。

「そうですか。天野屋の旦那さんと番頭さんがそこまで言い切りなさる以上、間違いないでしょう。しかし、そうなると……」

寅蔵は言葉とは裏腹に納得がいかないようだ。

「あの、親分さん。一昨日《おととい》の晩の一件、何か不審な点でも」

藤兵衛はおそるおそる聞いた。

「それがね。あっしゃ、あれは、単純な事故なんかじゃねえと睨んでいるんですよ」

寅蔵の言葉に藤兵衛は胸をえぐられた。

（やはり、この男。ただ者ではない。ひょっとして、真相を見抜いているのか）

藤兵衛は喉がからからになった。思わず茶を飲み干す。

「と、おっしゃいますと」

「あれは、殺しだったと思っています」

寅蔵はきっぱりと言った。

「殺しですか」

藤兵衛は力なく聞き返した。

「下手人は一体……」

「それは、まだ言えませんがね」

寅蔵は立ち上がった。それを藤兵衛は不安げに見上げる。

殺しに下手人は付き物だ。そして、下手人は限られる。弥助が殺されたのは天野屋の土蔵である以上、弥助と二人になった者など主人である自分としか考えられないではないか。

狙いを自分に向けているのだと恐怖におののいた。

（なんとかせねば）

藤兵衛は呆然《ぼうぜん》と寅蔵の背中を見送った。

藤兵衛は駕籠《かご》に乗り八丁堀を目指していた。行き先は南町奉行所吟味《ぎんみ》方与力木村伝《きむらでん》兵衛《べえ》の組屋敷である。盆暮れの挨拶《あいさつ》はもちろん、普段何かと贈り物をして昵懇《じっこん》なつき合いをしている。

木村を通じてあの妙な同心、早瀬菊之丞と腕利きの岡っ引、寅蔵がこれ以上弥助の一件を調べ回ることをやめるよう陳情しようというのである。

翌日、菊之丞が奉行所に出仕したところ、吟味方与力、木村伝兵衛から天野屋の一件は落着したから、これ以上の取り調べは止めるよう申し渡された。

「どうしてですか」

まだ、落着していない、と菊之丞は首を捻った。

単なる盗人の落下死を町奉行所がいつまでもほじくり返し、天野屋の商売の邪魔をしては良くない、と木村はもっともらしい顔で言った。

そうでなくても、常日頃より岡っ引が十手に物を言わせて強請《ゆす》りまがいのことを行っていると評判が悪い。いつまでも岡っ引が天野屋の周りを徘徊《はいかい》してはならんと木村は世間の目を気にした。

「そうですか、寅蔵のせいですか」

菊之丞はうなずいた。

「いや、寅蔵だけが悪いということではなく……その、なんだ、そなたも耳にしておろう。十手風を吹かせて強請り、たかりを平気で行っておる岡っ引どもが珍しくはないことを」

取り繕《つくろ》うように木村が言い添えると、

「そう言えば、大店の商人から盆暮れはもちろん、陳情事のたびに袖の下を受け取る与力殿もいる、とか」

皮肉たっぷりに菊之丞は言った。

木村は視線をそらした。

八

菊之丞は天野屋を訪れ、客間に通された。程なくして藤兵衛が現れた。商人とは思えない厳しい顔つきである。せっかく与力に頼みごとをしたのに、のこのこと何をしに来たのだと言わんばかりだ。

「忙しいところすまないねえ。でも、これが、最後だから」

菊之丞は断りを入れた。

「本当に最後ということで」

藤兵衛は表情を消した。

「あんたには辛いことになるかもしれないが……」

菊之丞は思わせぶりである。

藤兵衛は厳しい表情とは裏腹に菊之丞の態度に恐怖心を抱いた。与力の命令を無視してまでやって来るところを見ると、よほど自信があるに違いない。あの岡っ引から何か知恵を付けられたのだろうか。

少なくとも寅蔵よりは与《くみ》しやすい。観相に頼る風変わりな同心なのだから、と藤兵衛は気を確かにした。巨体と悪党面に気圧《けお》されまいと、居住まいを正して言った。

「申し訳ございません。商いで忙しいんです。手短に済ませてください」

「そうですね。じゃあ、早速《さっそく》」

と、菊之丞は空咳《からせき》をひとつこほんとしてから、

「娘さんを盗人殺しの下手人の疑いで番屋に連れて行きたいんですよ」

「……………」

藤兵衛は菊之丞の予想外の言葉に身体を強張らせた。言葉が出てこない。

「まあ、あんたにとっちゃあ、辛いことだが、こればっかりはどうしようもないねえ」

菊之丞はお紋が弥助と親しげに話をしていたことを語り、弥助がお紋の愛人であったと断じた上で、

「ま、娘さんにしたらほんの遊びのつもりだったんでしょうがね。相手はそうじゃなかった。で、別れ話になった。お紋は手切れ金を与えると男を土蔵に引き入れた。そ

こで、穴蔵に」

菊之丞は両手で人を突き落とす真似をし、更に続けた。

「はげ寅……わたしが手札を与えている岡っ引だけど、はげ寅は男の人相書きを持って神田界隈《かいわい》を聞き込んだ。すると、面白いことがわかった。殺された男、殺された日の夕刻、この近所の呉服屋で着物を買い、髪結い床で月代と髭を剃り、湯屋にも行っていた。とても盗みに入る前の所業じゃない。そう、まるで好いた女との逢引《あいび》き前の支度だ。ここの金蔵に逢瀬《おうせ》にやって来たのだから、相手はお紋、と考えてまちがいない。黙って座ればぴたりと当たる、水野南北先生仕込みの観相をするまでもないね」

推理を披露した菊之丞の表情は勝利感というよりは、むしろ悲しみに覆われていた。

「そんな、馬鹿な」

藤兵衛は自分が下手人と指摘されたことよりも衝撃を受けた。

「いや、あんたが驚くのも無理はない」

菊之丞は気づかうような言い方をした。それが、藤兵衛には何故かわざとらしく感じられた。

(そうだ。この男、おれからお紋に狙いを移したんだ)

藤兵衛は与力の木村から圧力をかけられた菊之丞がわざと狙いをお紋につけたのだ

と解釈した。

「手前は一向に得心がゆきませぬ。もう少し、きちんとお話しくださいませんか」

藤兵衛は胸の鼓動を抑えるようにゆっくりとした口調で聞いた。菊之丞は大きく首を縦に振るとおもむろに口を開いた。

「あの男は盗人じゃなかった。奉行所の例繰り方にはそれらしい盗みや盗人の記録は全く残っていない」

「記録がないことだけで、盗人じゃないと決め付けられるのですか」

藤兵衛は食い下がった。

十年前の盗人一味捕縛を逃れ、上方に身を潜めた弥助の記録が残っているはずがない。

「だが、あの錠前の外し方、あれを見れば相当な腕の盗人と想像できる。もっとも、江戸で盗みを重ねていたとは限らないけどね」

「男が土蔵に入り込んだ手口、手慣れたものということでございますな。盗人に間違いありませんよ」

菊之丞はうなずいた。

「そうだ。その通り。わたしだって、盗人であってくれたらどんなに良いと思ったことか」

「ならば、盗人が梯子から足を滑らせたってことじゃありませんか」

だが、藤兵衛の言葉は菊之丞の耳には届かなかったようだ。それを無視して、菊之丞は自説を披露し始めたのだ。

「しかし、この家に手引きする者がいたとしたら話は別だ。盗人どころか、普通の間男だって土蔵に入れるんだ。錠前を外す技なんて持ってなくたってね。手引きする者が鍵を持っていればいいんだから。すると、男を土蔵に導き入れた者は誰だ。またも、お紋以外には考えられない。そうでしょ、あんたが見ず知らずの男を導き入れるはずはないんだからねえ。この家で土蔵の鍵を手に入れることができ、さらにあの男と顔見知りの者、この二つの条件を満たすのは、お紋以外にはいないんだねえ」

菊之丞は自信満々で断言した。

藤兵衛はうなだれた。

駄目だ。全てが裏目に出た。

（ああ、おれはお紋を失うのか）

そもそも、弥助を殺したのはお紋を失いたくなかったからではないか。お紋が弥助殺しの罪を着せられ死罪にでもなったら生きている甲斐がない。

そう思うと藤兵衛は、

「早瀬さま、参りました」

両手をついた。

「じゃあ、辛いだろうがお紋を」

菊之丞がうなずくと、

「わたしがやりました。お見通しの通りです」

藤兵衛は顔を上げ、おもむろに弥助と自分との過去を語り、恐喝された為に殺したことを打ち明けた。

菊之丞は笑みを浮かべた。悪党面には不似合いな程に愛嬌《あいきょう》のある笑顔、まるで悪戯《いた》坊主《ずら》が大人をからかってしてやったり、と得意がっているようだ。

お紋を使って藤兵衛の白状を誘ったに違いない。まんまと罠《わな》に嵌《はま》ってしまったが菊之丞への怒りはない。異相の八丁堀同心は憎めなさを醸し出している。加えて己《おの》が罪業……弥助殺しに限らない盗人稼業の清算をする時が来たのだという思いだ。

他人の財を奪って築き上げた身代は砂上の楼閣のように脆《もろ》かった。弥助などという小悪党にあっさりと壊されてしまった。

「なるほど、あんたに悪相は出ていなかったが、お紋に不幸の影が差したわけだねえ。

弥助を殺すことにより、あんたは盗人の足を洗い、悪相が消えた。しかし、あんたの所業と過去の悪事が不幸の影となって、あんたの一番大事なお紋に覆いかぶさったというわけだ」

観相の見地からも菊之丞は納得した。

藤兵衛は両手を差し出した。

「天野屋藤兵衛、無宿人弥助殺しの疑いで番屋にしょっ引く。神妙にせよ」

と、菊之丞はこの時ばかりは、八丁堀同心らしい態度で告げた。

弥助殺しはこうして落着に導かれた。

黙って座れば、ぴたりと当たる、とまではいかなかったが、観相に間違いはなかった。娘を思う藤兵衛の気持ちを利用したのは後味が悪いがこれも役目だ、と菊之丞は自分を納得させた。

藤兵衛の顔は憂《うれ》いに彩られている。お紋のことが気がかりなのだろう。

「お紋はわかってくれるよ。自分を守る為に、あんたが人を殺めたって。お紋の印堂に差していた影は消えている。しばらくは辛いだろうし、苦労もするだろうけど、時が経てば自分の道を進んでゆく」

菊之丞らしくない説教じみた言葉が口をついて出た。

「早瀬さま……まいりましょう」

藤兵衛は腰を上げた。

菊之丞の悪党面は仏のように柔和《にゅうわ》な微笑に包まれていた。

第三話　鯉屋敷の怪

一

長月《ながつき》一日になり秋も深まった。

そろそろ、紅葉《もみじ》も見ごろを迎える。行楽気分に誘われる日本晴れの昼、早瀬菊之丞は薬研の寅蔵を伴い町廻《まちまわ》りに出ていた。

大川に架かる両国橋の袂《たもと》に広がる盛り場、両国西広小路の往来を歩いていると、寅蔵には見覚えのある娘がやって来る。

弁慶縞《べんけいじま》の小袖《こそで》に茶の帯、島田髷《しまだまげ》の髪に朱色の玉簪《たまかんざし》を挿している。手には風呂敷包みを抱えていた。顔はお世辞にも美人とは言えない。色黒の団子鼻だが、どこか愛嬌《あいきょう》を感じさせる娘だった。

娘は余程急いでいるようで、菊之丞と寅蔵にぶつかりそうになった。

「おおっと」

寅蔵が声をかけると、

「ああ、ご、ごめんなさい」

慌《あわ》てて娘は詫《わ》びた。

「ああ、お雪《ゆき》ちゃんじゃないか」

寅蔵はしげしげと娘を見返した。

菊之丞も立ち止まる。

往来の真ん中で立ち話をしている三人の横を、棒手振《ぼてふ》りたちが迷惑顔で走り抜けていった。

「親分さん、こんにちは」

お雪はこくりと頭を下げた。

「馬鹿に急いでいるじゃないか。どこへ行くんだ」

寅蔵の問いかけに、

「向島《むこうじま》まで行くんですよ」

お雪の口調は緊張をはらんでいる。

「向島、ああ、秋葉権現《あきばごんげん》に紅葉狩りでも行くのかい」

向島の秋葉神社の紅葉は江戸でも有数の行楽地だ。

だが、

「紅葉には早すぎるでしょ」

あっさりとお雪に否定され、「それもそうだと」納得する寅蔵だったが、

「じゃあ、長命寺《ちょうめいじ》の桜餅かい。あそこの桜餅はうまいからな」

話を繋《つな》ごうと寅蔵は向島辺りで知っている名所を挙げた。

「違います。向島の寮に面談に行くの」

お雪は言った。

「面談……」

「そう。日本橋芳町《よしちょう》の口入れ屋萬屋《よろずや》さんから紹介をいただいて、奉公に上がるんです」

お雪が答えた途端、

「お雪ちゃん、幸運の相が出ているよ」

菊之丞は観相の結果を告げた。

巨顔とそれを支えるにふさわしい猪首と巨体、太い眉にぎょろ目、大きな鷲鼻《わしばな》に分

厚い唇《くちびる》、歌舞伎役者が悪役を演ずる際の化粧はかくや、という異相の八丁堀同心から頼みもしない観相をされ、お雪は困惑した。

それでも、

「はあ……ありがとうございます」

と、お辞儀をし、面談の時刻に遅れるといけないからと足早に立ち去った。

寅蔵はお雪の姿が雑踏に紛《まぎ》れるまで見送った。

「どこの娘だ」

菊之丞が聞くと、

「お雪ちゃんって言って、横山町《よこやまちょう》の善右衛門《ぜんえもん》長屋に住んでいるんですよ」

寅蔵が答えた。

善右衛門長屋とは横山町の醤油問屋寿屋《ことぶきや》善右衛門が家主の長屋である。

「親は何をしているのだ」

菊之丞は問を重ねた。

「親父は大工です。三年前におふくろさんに死なれて、親父と二人暮らしですよ」

「親一人娘一人か。奉公に上がって親孝行しようというわけだな。中々できた娘じゃないか」

「菊之丞さま、お気遣いありがとうございます」

　寅蔵が礼を言うと、

「何だ、礼を言われる覚えはないぞ」

　菊之丞は首を捻《ひね》った。

「面談前の緊張を解《ほぐ》そうと、幸運の観相だっておっしゃったんでしょう」

「気遣いではないよ。お雪ちゃんには、まぎれもなく幸運の相が表れていた。合格するだろうさ。黙って座れば、ぴたりと当たる、間違いない。賭けたっていいぞ」

　真顔で返し、菊之丞は町廻りを続けた。


　昼四つ（午前十時）、お雪は向島の寮の門前に着いた。

　秋葉権現の裏手、刈入れを前の稲穂が黄金色《こがねいろ》に輝き、秋風に揺れている。寮は田圃《たんぼ》が広がる中にぽつんと取り残されたように建っていた。五百坪程の敷地の周囲を生垣が巡り、藁《わら》葺《ぶ》き屋根の母屋《おもや》と瓦《かわら》葺きの離れ家、それに水車小屋が見える。

　桜や松が植えられた庭には大きな池があり、石でできた小さな橋が架けられていた。日本橋の鼈甲《べっこう》問屋蓬萊屋《ほうらいや》の大旦那、助三郎《すけさぶろう》の隠居所である。

　今回の募集は、最近まで勤めていた女中が辞めたため、代わりの女中を雇うというものだ。給金は日に三百文という腕の良い大工並みの高給、しかも夕七つ（午後四時）には帰ることができるという好条件とあって、希望者が殺到している。

そこで、連日面談が行われているのだ。

今のところ、助三郎の眼鏡に叶《かな》った娘はいないようだ。

お雪は木戸門を見上げた。ふ〜っとため息が漏《も》れる。きっと、自分などと違って別嬪《べっぴん》の娘たちが応募してきているのだろう。とても、採用される自信はない。そう思うと気が重くなり、帰ろうかと踵《きびす》を返した。

いや、せっかくここまで来たのだ。

（受けるだけ、受けよう）

お雪は内心でつぶやくと木戸門を潜った。水車の回る音と池で魚の跳ねる音が聞こえる。池を覗《のぞ》くと、たくさんの鯉《こい》が泳いでいた。泉水に彩り豊かな花が咲いているようだ。

（鯉屋敷か）

口入れ屋萬屋で、秋葉権現の門前町では助三郎の寮は、「鯉屋敷」と呼ばれている、と聞いてきた。お雪は気持ちを落ち着けようとしばらく鯉の泳ぎを眺めていたが、

「萬屋さんからの紹介ですか」

縞柄の着物を着た中年の男に声をかけられ、はっとする。

「はい。雪と申します」

お雪は丁寧《ていねい》にお辞儀をした。

「わたし、蓬莱屋の手代《てだい》で松吉《まつきち》と申します。本日はわざわざお越しくださいましてありがとうございます。では、こちらへ」

松吉は無表情の上に一本調子の口調で語りかけると、お雪を案内して離れ家に向かった。

離れ家に着くと無造作に格子戸を開け、お雪を促《うなが》して廊下を奥に進んだ。突き当たりの座敷の障子《しょうじ》を開け、中に入る。既《すで》に五人の娘が待っていた。お雪は娘たちを見て怪訝《けげん》な表情を浮かべた。

みな、白地に菊の花を描いた小袖、紅色の帯、頭は島田髷に鼈甲細工の櫛《くし》と笄《こうがい》を挿すというお揃《そろ》いの格好をしているのだ。

「さあ、中へ」

ぼうっと立っているお雪を、松吉が襖《ふすま》で仕切られた隣室に通した。そこには、娘たちが身に着けていたと同じ小袖、帯、髪飾りが置いてある。

「これに、着替えなさい」

有無を言わさぬ態度で松吉は言った。お雪はわけを聞こうとしたが、

「決まりだから」

人をよせつけない態度である。承知するしかない。

「面談は一人ずつ行う。着替えたら、呼び出しがあるまで隣室で待つように」

松吉はそう言い残すと足早に出て行った。一人残されたお雪は何故《なぜ》着替えなければいけないのかという疑問が胸をついたが、従わざるを得ない。黙々と着替え、隣室に入った。

先ほど五人いた娘は一人が面談に行ったらしく、四人に減っている。

「失礼します」

お雪はうつむきながら部屋の隅に座った。

みな、容姿端麗である。そして、菊の花の着物も鼈甲細工の髪飾りもよく似合っている。容姿に自信のないお雪は惨めな気持ちになった。そんなお雪とは対照的に四人の娘たちは落ち着きはらって堂々としており、自信に溢《あふ》れているように見える。

やがて、一人減り、二人減り、ついにお雪の番となった頃には昼八つ（午後二時）を迎えていた。萬屋から時を要すると聞かされていたため、弁当を風呂敷に包んで来た。が、緊張のあまり食欲など湧くはずもなく手つかずのままである。

「最後のお雪さん」

松吉に導かれ、離れ家を出て母屋に入った。松吉は足早に廊下を進み、庭に面した座敷までやって来た。

「どうぞ」

松吉に促され、お雪は縁側で両手をついた。

「さあ、遠慮することはない。入りなさい」

温かみを感ずる声がした。顔を上げると、床の間を背負って初老の恰幅《かっぷく》のいい男がにっこりと微笑《ほほえ》んでいる。見るからに高そうな紬《つむぎ》の着物に羽織を身に着けていた。店者《たなもの》とは思えない無愛想な松吉とは対照的に、人当たりの良さそうな男だ。

髪を総髪に結って黒の十徳《じっとく》を着た男がいた。格好からすると、医師か学者か、それとも絵師だろうか。

「失礼します」

お雪は部屋の中に入った。松吉は部屋の隅に座った。

「蓬萊屋の隠居で助三郎と申します」

助三郎は温和な笑みを絶やすことなく軽く頭を下げた。

「雪と申します。横山町の醬油問屋寿屋さんの長屋に住まいしております。おとっつあんは……ああ、いえ、父は、大工です。母は三年前に亡くなりました」

自分を鼓舞し、お雪は精一杯の元気さで自己紹介すると、口入れ屋、萬屋からの紹介状を差し出した。

「お雪さんか。うむ、素直な娘さんのようだね」

助三郎は十徳の男に話しかけた。男もうなずいた。

「萬屋さんから、奉公の内容は聞いてくれたと思うが、つい先日まで勤めてくれた女中さんがお宅の事情で暇《ひま》を取ってね、それで、その代わりをやってもらう娘さんを探しているんだ。なに、大したことはしてもらわなくていい。母屋の掃除をしてくれればそれでいいんだよ。あとは、この部屋でわたしの話し相手をしてくれればね」

穏やかな口調で助三郎は語った。

そんなことで日当三百文もいただけるのかと、お雪は疑念を抱いた。

「じゃあ、先生」

助三郎は十徳の男に声をかけた。男はうなずくと部屋の隅の文机《ふづくえ》に歩み寄った。

「お雪さん。申し訳ないがね、ちょいと、縁側の近くに座ってくれないか」

「はい」

助三郎の要望の意味がわからなかったが、言われるまま縁側近くに座った。

「こちら、絵師の澤村丹宗《さわむらたんそう》先生だ。これから、お雪さんのことを絵に描いてくれるから。少しの間、辛抱しておくれよ」

澤村丹宗とは美人画を描くことで有名な絵師だ。お雪は自分の容姿の惨めさを思い、ついうなだれてしまった。すると、

「ああ、娘さん。もっと、顔を上げて」

丹宗の厳しい声が飛んだ。お雪は、「すみません」とつぶやくと思いきって顔を上げる。

「そうだ。そのままの姿勢で我慢しておくれ」

丹宗は筆を執った。

水車の回る音や野鳥のさえずりがするのどかな昼下がりだが、お雪はまるで裸になったような恥ずかしさを覚えた。男の視線をこれほど浴びたことはない。

早く終わってくれないか。

面談などどうでもいい。このまま帰ってしまいたい。

四半時《しはんとき》ほどが過ぎ、

「ご苦労さん」

丹宗の声がした。お雪はほっと胸を撫《な》で下ろした。

「ほう、うまく描けていますね」

助三郎は丹宗から絵を渡され目を細めた。次いで、

「お雪さん、今日はありがとう。これ、少ないけど」

お足代だと助三郎が紙包みを差し出した。お雪は渡されるまま受け取ると、部屋から出て行った。

(きっと、駄目に決まっている。寅蔵親分と一緒にいた八丁堀の旦那ったら、いい加減な観相をして……風変わりなお方だわ)

お雪は菊之丞への不信とみじめな気持ちで離れ家に戻った。

お雪が最後とあって、斜めに傾いた日差しが射しこむ控えの間は、がらんとした空間となっている。それが、一層気持ちを塞《ふさ》がせる。

一体、今日の面談は何だったのだろう?

みな、同じ格好をさせられ、絵師に描かれた。その間、助三郎はただじっとお雪を見ていただけだ。松吉は無表情で座り続けていた。

お雪は不思議な思いにかられながら助三郎の寮を後にした。

二

明くる二日の朝、お雪は長屋の井戸端で洗濯をしていた。盥《たらい》に水を汲み、父の半纏《はんてん》を洗う。同じ長屋の女房たちも、賑《にぎ》やかに世間話をしながら洗濯をしている。

するとと、

「お雪ちゃん」

大家の声がした。お雪は洗濯の手を休め立ち上がった。溝板《どぶいた》に足を取られないよう露地を歩き、自宅の前に立った。九尺二間の裏長屋である。

「蓬莱屋さんから文が届いたよ」

大家は文を差し出した。

「どうせ、断りを報《しら》せる文だわ」

お雪はふてくされたように頰《ほお》を膨らませた。

「そんなこと言って、見てみなきゃわからないだろ」

大家に押し付けられ、お雪は文を広げた。一瞬にして、お雪の顔が輝いた。

「わたしを雇うって」

「そりゃ、よかったじゃないか。おとっつあんも喜ぶよ」

大家も笑みを広げた。

「今日から来て欲しいって」

お雪は声を弾ませた。


一時後の五つ半（午前九時）、お雪は助三郎の寮に着いた。母屋の玄関で松吉が待っていた。

「早速《さっそく》、奉公していただき、ありがとうございます」

松吉は昨日同様無表情に言うと、お雪を離れ家へ連れて行き、昨日の部屋で着替えをするよう告げた。お雪は、何故という疑問が胸をついたが、

「わかりました」

初日から逆らった物言いをしては失礼だと思い、明るい声を返した。着物や髪飾りは昨日身に着けた物と同じだった。手早く着替え、母屋の居間に行き、

「雪でございます。本日よりよろしくお願い申し上げます」

助三郎に挨拶《あいさつ》をした。

「うむ、よろしく頼むよ」

お雪は脇で控える松吉を見た。

「こちらへ」

松吉が相変わらずの無表情で隣室に繋がる襖を開けた。

「母屋の掃除をやってもらう。ただし……」

松吉はわずかに厳しい顔をして、廊下の奥を進み、何度か曲がるとある部屋の前に立った。襖に、「立ち入るべからず」と貼り紙がしてある。

「この部屋には立ち入らないように」

釘を刺すように松吉はぴしゃりと言った。

「はい。でも、どうしてなのです」

お雪は面談の時から抱き続けたわだかまりが胸に込み上げ、つい問いかけてしまった。松吉は即座に、

「わけは聞かなくてよろしい」

「はあ、申し訳ございません」

お雪は松吉の厳しい物言いに、自分が悪いことをしたような気がして頭を下げた。

「では、頼みますよ」

松吉が立ち去ろうとしたので、

「あの、掃除以外は何をすればよろしいので」

「掃除が終わったら、居間でご隠居さまの話し相手を務めなさい。昨日ご隠居さまから聞いたでしょ」

松吉はわかり切ったことを聞くなとばかりに険しい顔をした。

「はい、わかりました」

お雪は気圧《けお》されたようにまたも頭を下げた。松吉は足音もたてずに廊下を去って行った。お雪はため息を漏らすと、気を取り直すように掃除に取りかかった。

一通り掃除が済んだところで居間に行くと、助三郎が一人茶を啜《すす》っていた。お雪の顔を見ると、

「今日は、ご苦労さん」

笑顔を向けてきた。松吉がいないとわかるとほっとした気分になった。

「あの、松吉さんからはお掃除以外することはない、と言われたのですが、それでは申し訳ありませんし、他に何か用事をさせていただきたいと思うのですが」

お雪はおずおずと聞いた。

「いや、ここにいてくれさえすれば、それでいいよ」

助三郎は相変わらずの温厚な表情だ。

「わかりました」

お雪は障子を閉めようとした。

すると、

「障子は開けたままにしておいておくれ。歳を取るとね、こうやって日がな一日、ぼうっと庭を眺めながら過ごすのが心地好いんだ」

「そうですか。でも、お風邪など」

お雪は途中で言葉を飲み込んだ。逆らうことはない。主人の好きにさせるに限るのだ。それに、助三郎は綿入り木綿の小袖に襟巻《えりまき》をして火鉢を置いていた。防寒は万全というわけだ。

「あの、一つ聞いてもよろしいでしょうか」

助三郎は鷹揚《おうよう》にうなずく。

「どうして、わたしなんかが、雇われたのですか」

お雪の問いかけに助三郎は小首を傾《かし》げた。

「あの、昨日、面談にお出《い》でになったみなさんは、はっきり申しましてわたしなんかより、ずっとお奇麗《きれい》な方ばかりでした。容姿に劣るわたしが、どうして雇われたのかわからないのです」

お雪はうつむき加減に言葉を継いだ。

「お雪さんは、決して他の娘さんたちより劣ってなんかいなかったよ」

助三郎はあくまでやさしい物言いだ。

お世辞だろうと思いながらも悪い気はしない。うつむいていると、

「お雪さん、もっと自分に自信を持ちなさい。わたしは、あんたを見込んだんだから」

そう言って助三郎は茶を啜った。

「はい」

それ以上のことには踏み込まず、黙りこんだ。それから、夕七つ（午後四時）まで、取り留めのない世間話をして時を過ごし、お雪は帰された。

三

それから、三日が過ぎた長月五日、朝から雨が降っている。

お雪は鯉屋敷に行き、着替えて掃除を終えると助三郎の話し相手をした。話をして

いる間、常に松吉がいる。

雨で白く煙る庭を眺めていると、鬱屈《うっくつ》した気分が募った。雨降りとあって庭の散策も鯉への餌《えさ》やりも行われず、気づまりな一日を過ごすことになった。

話し相手といってもそうそう話題はなく、時折会話が途切れる。話の継ぎ穂を探そうと苦闘するお雪には、耳障りな程の雨音が聞こえる。

昼を過ぎる頃には、

「よく降るねえ」

と、助三郎が繰り返し、

「そうですね」

と、お雪は相槌《あいづち》を打つばかりとなった。

それでも帰り際にはきちんと三百文が支払われた。

お雪は楽な仕事でこんな給金を得ることの後ろめたさと、一体何をやっている、いや、何をやらされているんだろうという不気味な思いが胸から離れない。そう思うと、鯉屋敷に行く足が重くなる。

そうはいっても、町奉行所に訴えるわけにもいかない。別段、事件に巻き込まれているわけではないのだ。

幸い、鯉屋敷を出る頃には雨が上がっていた。夕空に架かる虹がお雪の気持ちをかろうじて慰《なぐさ》めてくれた。

家の近くまで帰って来ると、

「親分……」

寅蔵が大川に沿って薬研堀の方へ歩いて行くのが見えた。

夕陽差す大川は茜色《あかねいろ》に揺れている。お雪は薬研堀まで歩き、江戸富士の暖簾《のれん》を潜った。

「あら、お雪ちゃん」

元気なお仙の声に迎えられお雪は店内を見回した。天井から吊るされた八間行灯《はちけんあんどん》には灯《あか》りが灯《とも》されているが、まだ時刻が早いのか、店内に客の姿はない。

「あの、お店はまだですか」

お雪は遠慮がちに聞いた。

「いえ、構わないわよ。どうぞ」

お仙は小机の酒樽《さかだる》を示した。お雪はこくりとうなずいて腰を下ろす。

「なにか、食べる」

お仙が聞くと、

「実は……親分さんにお話があるんです」

辞を低くしてお雪は言った。

「うちの人に……どんな用件かしら……ま、いいけど。ちょっと待っててね」

お仙は階段を見上げ、

「おまいさん」

と、何度か声をかけた。

返事がない為《ため》、「ちょいと、おまいさんたら」と階段を上ろうとしたところで、

「わかった、わかった。うるせえな」

あくび混じりの声で返しながら寅蔵が下りてきた。

「まったく、どんだけ寝れば気がすむんだい」

お仙の文句に寅蔵は言い返そうとしたが、

「なんだ、お雪ちゃんじゃねえか」

寝惚《ねぼ》け眼《まなこ》でお雪に声をかけた。

お雪はぺこりと頭を下げ、

「親分さん、頼みがあるんです」

「頼み……ああ、構わねえぜ。言ってみな。あ、そうか、気に食わねえ男に言い寄ら

れているんだな。いいよ、追っ払ってやる。どこのどいつだ」

寅蔵は得意の早合点をして腕まくりをした。

お仙は気をきかすつもりか台所へ引っ込んだ。

「そんなんじゃないんです」

深刻な表情でお雪は返した。

「じゃあ、何だい」

問い直してから寅蔵はお雪の様子を見て、

「ま、いいや。ゆっくり、話を聞こうか」

と、二階に上がるよう告げた。

「失礼します」

と、お雪は一礼してから寅蔵に続いて階段を上った。二階の部屋に入ると、寅蔵は手早く布団を隅に片付けて座布団を敷き、

「さあ、座りな」

お雪は頭を下げおずおずと座った。

「よし、聞こうか」

寅蔵はお雪を見た。

「はい、では」

お雪はおもむろに助三郎の寮に奉公に上がるきっかけとなった面談の経緯から、今日までのことを話した。

語り終えたところで、

「なんだか、とても怖いんです」

お雪は身を震わせた。

寅蔵は目を瞑《つむ》っていたが、

「決まった格好をさせられ、楽な仕事に高い給金、か。これは、確かに臭うぜ」

かっと目を見開いた。その真剣な表情にお雪はさらに恐怖を募らせたようだ。

「あの御屋敷で、なにか恐ろしいことが起きているのでしょうか」

「そうさなあ。今のところ、はっきりとは言えねえが、こいつはひょっとすると、ひょっとするかもな」

寅蔵が大きな声の割には曖昧《あいまい》な物言いをした為、お雪を一層怖がらせてしまった。

すっかり怯《おび》えたお雪に、

「お雪ちゃんが薄気味悪くなるのも無理はねえな」

「はい、それはもう」

お雪は自分の気持ちを素直に吐露《とろ》し、そうすることでかえって恐怖心が湧いたのか身をすくませた。

寅蔵も困った顔をして、

「かと言って、実際に事件が起きているわけじゃねえからな、菊之丞の旦那に乗り出してもらう訳にはいかねえな。ああ、菊之丞の旦那ってのは、お雪ちゃんが鯉屋敷に面談に行く途中、おいらと一緒にいた八丁堀の旦那で早瀬菊之丞さまだ」

「覚えています……早瀬さまは幸運の相が表れているって観相をしてくださいました。確かに奉公が叶ったんで運が良いのでしょうけど……」

お雪は混迷を深めた。

「まあ、菊之丞の旦那のことはともかく」

寅蔵は任せな、と胸を叩《たた》いた。

他に頼る者はいないのだろう。

「親分さん、お願い申し上げます」

真摯《しんし》な顔でお雪は頭を下げた。

自信たっぷりに寅蔵はうなずいてから、しばらく考え込んだ後、

「奉公先は日本橋瀬戸物町の蓬莱屋のご隠居だったね。蓬莱屋には行ったことがある

のかい」

「いえ、ありません」

お雪が答えるや、

「そうか、わかった！」

寅蔵は顔を輝かせた。

「助三郎の野郎、はなっからお雪ちゃんに狙《ねら》いをつけていたんだよ」

きっぱりと断言した。驚いて口をつぐんだお雪だったが、

「狙いをつけていたとおっしゃいますと……」

と、首を捻った。

「ちょっと、ここを捻ればなんてことはねえんだ」

寅蔵は右手の人差し指で自分の頭を得意げに指した。お雪は小首を傾げたままだ。

すると、

「おまいさん、菊之丞の旦那だよ」

と、階段の下からお仙の声がした。

お雪の相談事を話すべきかどうか迷ったが、

「そうだ、菊之丞の旦那なら」

菊之丞なら、この奇妙な奉公について明確な回答を導き出す、いや、観相を見立てるだろう。

寅蔵は階段から顔を出し、

「旦那、上がってください」

と、声をかけた。

「客かい」

階段の下で菊之丞はお雪の履物を見た。

「ええ、そうなんですよ」

寅蔵が返すと菊之丞は階段を上がってきて、二階の部屋に入るとお雪を見て、

「ああ、先だっての娘さんじゃないか」

と言い、寅蔵の横に座った。お雪は改めて挨拶をしてから寅蔵への相談事を語ろうとしたが、

「あっしから話すよ」

寅蔵がかいつまんで鯉屋敷の奉公について語り出した。

寅蔵は身を乗り出し、

「お雪ちゃんの面談。なんとも奇妙なものだったんですよ。わざわざ、同じ着物を着

せ、同じ髪飾りを挿させた上、面談の場には絵師が立ち会った。その絵師というのは江戸でも有名な美人画の大家ですよ。そして、面談たるや、取り止めのない世間話、あとは絵師が絵に描く。これは、一体どういう狙いがあったんでしょうって、お雪ちゃん、すっかり怯えてしまって」

と、菊之丞に問いかけた。

「確かに妙だね。で、給金は約束通り貰《もら》っているんだね」

菊之丞が確かめるとお雪は、「はい」と小声で返事をした。

寅蔵は首をひねりながら、

「さあて、絵師の丹宗に頼まれて美人を集めるのが目的だったたか。丹宗はたくさんの美人画の注文を請け負っている評判の絵師ですからね」

と、考えを述べ立てた。

「うむ、目のつけ所はいい。だが、ちょっと違うな」

採点するように菊之丞は言った。

「わたし、別嬪じゃないから違うわ」

お雪はつぶやいた。

「いや、そういうことじゃねえんだ。そもそも、美人画を描く目的で集めたんじゃねえってことを、菊之丞の旦那はおっしゃったんだ」

慌てて寅蔵は取り繕《つくろ》った。

「美人画を描くことが目的だったら、実際に女中として雇ったりしないよ」

菊之丞が、
と、冷静に告げた。

「すると、これはひょっとして」

寅蔵は顔をくもらせた。

菊之丞はその表情を見て、

「はげ寅が考えていることはわかるよ。お雪ちゃんを妾として囲うことを狙っているんだと言いたいのだろう。つまり、最近まで勤めていた女中は実は妾であったが、何らかの理由で辞めた。ひょっとして死んだのかもしれない。ところが、助三郎はその女のことが忘れられなかった。そこで、似た女を求め面談をしてお雪ちゃんを選んだ。と、こんなところだろう」

「そう、まあ、ああ、いえ……その、そこまで深くは考えませんでしたが」

妾にされる、というお雪の心配を斟酌《しんしゅく》し、寅蔵は遠慮がちに認めた。果たして、お雪は妾という言葉に恐怖心を募らせたのか顔色が悪くなった。

「でもな、それは見当外れだ。それは、お雪ちゃんの仕事を見てもわかる」

お雪を安心させようとしてか菊之丞は言い添えた。

「そうですよね。お雪ちゃんがやらされている仕事と言えば、掃除とか世間話ですよ。おまけに通いです。通いの妾というのは聞いたことありませんや」

寅蔵もお雪を安堵《あんど》させようと笑みを浮かべた。

「そうだ、その通り。お雪ちゃんは妾として雇われたんじゃねえ」

もう一度、寅蔵は強調し、お雪はほっとした表情を浮かべた。

それを見て寅蔵は菊之丞に向いた。

「するってえと、どういうことになるんです。旦那、じらさねえでくださいよ」

「じらしているんじゃないね。お雪ちゃんには悪いが、これはな、推量する上で格好のお手本なんだよ。これだけの手がかりを基に、正しい推量が組み立てられなきゃ、一人前の十手持ちにはなれないぞ。はげ寅、よくよく考えるんだな」

説教口調で菊之丞は言った。

ようし、と寅蔵は腕を組んでしばし瞑目《めいもく》した後、

「お雪ちゃんの話から気になることがありました。立ち入りご法度の部屋ですよ。お雪ちゃんが絶対足を踏みいれちゃならねえって釘を刺されたんだ。その部屋に鯉屋敷

の謎を解く鍵が隠されているに違いねえ」

寅蔵が考えを述べると、

「それは、なんでしょうか」

お雪は顔を歪《ゆが》ませた。

「財宝よ」

寅蔵はニヤリとした。お雪はぽかんと口を開けた。

「開かずの間には、あちらこちらから奪い取って来た財宝が隠されているんじゃございませんかね」

寅蔵は菊之丞に同意を求めた。

菊之丞が答えるまえに、

「すると、親分、助三郎さんは盗人なんですか」

お雪は困惑して問い直した。

「そうだよ」

自信たっぷりに寅蔵は返したが、

「でも、親分。蓬莱屋といえば老舗《しにせ》の鼈甲問屋ですよ。その老舗の鼈甲問屋の隠居が盗人だなんて」

お雪は信じられない、と納得できないようだ。

「そこが、素人《しろうと》の考えよ」

寅蔵は言った。

お雪は戸惑うばかりだ。

横で菊之丞は無表情になっている。

「いいか、今、向島の寮にいる助三郎は本当の助三郎じゃねえ」

寅蔵の推理にお雪は呆気《あっけ》にとられた。

「助三郎は盗賊一味に殺され、寮は乗っ取られたんだよ」

得意げに寅蔵は結論づけた。

お雪はあまりのことに声も出せずにいる。

「しかし、ちゃんとした口入れ屋の紹介なんですよ」

お雪は半信半疑のままうなずいた。

「だから、それは、細工をしたんだよ」

事もなげに寅蔵はお雪の疑問を撥《は》ね退《の》けた。

「じゃあ、わたしを女中に雇ったってのはどういうわけなんです」

お雪の疑問に、

「それが、今回の奇妙な一件の絵解きなんだよ。いいか、助三郎がお雪ちゃんを雇ったわけをよおく考えてみろ。何故、わざわざお雪ちゃんを雇ったのか。お雪ちゃんでなければならなかったのか」

寅蔵の問いかけに、お雪はわかりません、と悪いことでもしたかのように詫びた。

「お雪ちゃんには大した用事をさせていない。誰でもいいような仕事だ。その割には悪くねえ給金まで出している。それらのことを考え合わせると、答えは自ずと導き出されるのよ。つまりな、お雪ちゃんを雇ったのは、お雪ちゃんに家を空けさせることが目的だったんだ」

「家を空けさせる」

お雪は混迷を深めるばかりである。

「そうよ」

「何のためです」

お雪は助けを求めるように菊之丞を見やった。菊之丞は黙って、寅蔵に語らせるに任せている。

「まさか、盗人一味の狙いがうちにあるってことですか」

「まさかじゃねえ。その通りだ。盗人の狙いはお雪ちゃんの家にあるんだよ」

寅蔵が言うと、お雪が困惑気味の顔をした。

「親分さん、お言葉を返すようですが、うちには盗人に狙われるような物などありません」

「それは、お雪ちゃんから見てだろ。盗人から見れば別だ。ひょっとして、床下とか天井裏に思いもよらないお宝が隠されているかもしれねえんだ。お雪ちゃんが家を空けている間に、忍びこんで床下でも掘り起こしているかもしれねえ。いや、きっとそうだ」

「わたしがいない時にですか」

「そうだよ。おっかさんは亡くなった。おとっつあんは昼間は大工仕事で外だ。となれば、盗人にとっちゃあ、またとない機会ってもんだぜ」

「でも、九尺二間の裏長屋です。家で床でも掘ったらお隣さんが黙っちゃいないと」

お雪は小首を傾げた。

「そこは玄人《くろうと》の盗人だ。気づかれねえようにやってるんだよ。よし、これから、お雪ちゃんの家に行くぜ」

寅蔵は気合いを入れるように腹をぽんと叩いた。

次いで、

「菊之丞の旦那、どうします」

と、問いかけた。

「行くよ。おまえの間違いを確かめにな」

菊之丞らしい憎まれ口をきいて言った。

寅蔵は肩をそびやかした。

既に夕闇が濃くなっていた。

「おや、おまいさん、今から」

階段を下りるとお仙が声をかけてきた。店には既に何人かの客がいる。

「ああ、これから、ちいとばかり大事な御用があるんだよ。女は口出しするなよ」

寅蔵は意気揚々と暖簾を潜り外に出て行った。

四

夕闇が辺りを覆い、横山町にあるお雪の住まう長屋の路地に人影はない。お雪を先頭に立て、狭い路地を縦一列で進み家に至った。腰高障子の破れ目から行灯の淡い灯りが漏れている。耳を澄ますと、人の気配がした。

親父の仁吉《にきち》が戻っているようだ。

「心配ない。盗人が忍び込んでいるのは昼間だけだ」

寅蔵はお雪に腰高障子を開けさせた。

「ただいま」

お雪は仁吉に心配をかけないよう、いつもと変わらない挨拶をした。

「おお、遅かったじゃねえか」

仁吉は赤ら顔を向けてきた。板敷に筵《むしろ》を敷いた四畳半ほどの部屋にあぐらをかき酒盛りを始めている。五合徳利を抱き抱え、茶碗を猪口《ちょこ》の代わりにしてぐびりとあおった。肴《さかな》はするめだけだ。

「棟梁《とうりょう》、お楽しみのところすまねえな」

寅蔵がお雪の後ろから中に入った。

菊之丞は外で待っていると言って入らなかった。

「薬研の寅蔵親分よ」

お雪が紹介すると寅蔵は軽く頭を下げた。仁吉は娘が連れて来た十手《じって》持ちに戸惑いの視線を向けてくる。お雪が手短に寅蔵を家に連れて来た理由を話した。娘の話を聞いても、仁吉は酩酊《めいてい》しているからか理解できないようだ。

「よくわからねえんだけど、親分さんは、家の床下に何か隠されているっておっしゃるんですね。それで、床下を調べてえと」

「ああ、そういうことだ。お楽しみのところすまねえが、ちょっとの間、退《ど》いてもらいたいんだ」

「まあ、親分さんがそうおっしゃるのなら」

いかにも不承不承といった調子で仁吉は承知した。すると寅蔵は、

「棟梁のお楽しみを奪おうってんだ。ただでとは言わねえよ。幸いうちは縄暖簾をやってる。ちょっとの間、うちで飲んでてくれ。もちろん、払いなんていらねえよ。好きな物を肴に好きなだけ飲んだらいい」

たちまち仁吉の顔が綻《ほころ》んだ。寅蔵は、

「よし、棟梁のお許しが出た。床下を調べるぜ」

菊之丞の助成に期待して大きな声を出したのだが、菊之丞は知らん顔である。

お雪が提灯《ちょうちん》の灯りを差し向ける中、寅蔵は床下を探った。

半時後、

「どうだ」

菊之丞が入って来た。

「今んとこ、見つかっていません」

自信が揺らいだようで寅蔵の声は小さくなった。

「親分、お宝なんてどこにもありませんよ」

お雪は土間にしゃがみこんだ。

「念のためだ、天井裏を探ろうか」

最早《もはや》、寅蔵の言葉は負け惜しみにしか聞こえなかった。

結局、天井裏にもお宝のかけらもなかった。

五

翌朝、お雪は不安を抱いたまま鯉屋敷に行った。

寅蔵は江戸富士の二階の部屋で寝ころび、お仙の批難の籠《こも》った眼差《まなざ》しを浴びていた。

「あの大工さん、一升飲んだのよ。肴だって鰻《うなぎ》の蒲焼きとか天麩羅《てんぷら》とか注文しちゃってさ。全部、親分がただでいいって言ったとかって」

お仙は捲《まく》し立てた。

「ずいぶんと飲んだもんだな」

寅蔵は強がるようにのんきな物言いをした。

「ずいぶんとじゃありませんよ」

尚も畳み込もうとするお仙であったが、諦めたようにうなずくと、寅蔵を一睨《ひとにら》みして、階段を下りて行った。

「あ〜あ、うるせえのがいなくなって清々したな」

寅蔵は一向に反省する風もない。

次いで、

「ちっとばかり風変わりな奉公ってことなんじゃねえかな。あんまり、深く考えることはねえぜ。第一、お雪ちゃんにとってみたら、楽な仕事で割の良い給金が貰えるんだから、ありがてえと思えばいいんだよ」

と、都合のいいことを独り言で言った。

そこへ菊之丞がやって来て、

「行くぞ」

と、前置きもなく言った。

「何処《どこ》へです」

きょとんとなった寅蔵に、

「決まっているだろう。鯉屋敷だ」

菊之丞はこれからが探索だと言った。


向島の鯉屋敷に至った。

周囲は田圃に囲まれ、背後には秋葉権現の森が見える。のどかな田園風景が広がるばかりだ。菊之丞と寅蔵は生垣に身を隠しながら、屋敷内の様子を窺《うかが》った。

鯉屋敷の名の由来となった数多《あまた》の鯉が泳ぐ池がある。母屋の庭に面した座敷の障子が開け放たれ、初老の恰幅の良い男と中年男の姿が見えた。

助三郎と松吉だろう。お雪は掃除の最中なのか姿が見えない。掃除をしているのだとわかっていても姿を見ないことには不安が募る。お雪の姿を見るまでは帰れないと寅蔵は思った。

寅蔵の願いが通じたのか、お雪の姿が縁側に現れた。菊の花をあしらった小袖に紅の帯を締め、髪には鼈甲細工の櫛と笄を挿している。表情まではわからないが、元気そうな様子であることは遠目にもわかった。

（お雪ちゃん、元気でやりなよ）

寅蔵は心の中で励ましの声をかけると生垣の陰から身を離した。菊之丞は位置を変えず屋敷全体を見回している。

すると、行商人風の男が生垣越しに屋敷の中を覗《のぞ》いている。じっと目を凝らして、真剣な様子である。寅蔵は不審な物を感じた。

素早く、その男の視界の外に逃れ、菊之丞と寅蔵は水車小屋の陰に身を潜めた。幸い、気づいている様子はない。ひたすら、お雪の様子を眺めている。

やがて、お雪の姿が居間から消えた。すると、行商人風の男もやおら立ち上がった。風呂敷を背負い、足早に秋葉権現の方に向かって歩いて行く。

菊之丞に促され、寅蔵は男の後を尾けた。


男は馬喰《ばくろちょう》町の商人宿に入って行った。

寅蔵は不審に思いながらもそれだけを確認しておいて帰ろうと思ったが、ふと、日本橋の蓬莱屋まで足を延ばすことにした。推量は外れ、助三郎や松吉が偽者とは思わないが、念のため評判などを聞こうと思ったのだ。


一時後、寅蔵は江戸富士に戻った。

菊之丞が待っていた。

既に暖簾が出され、客が入り始めていた。

寅蔵は蓬莱屋で聞いたことを披露した。

「小僧に聞いたんですが、松吉という男は蓬莱屋の手代にはいないそうなんです。で、念のため、手代の一人にも聞いたんですが、知らないと」

「ほう、そうかい」

菊之丞の顔は好奇に輝いた。

「さすがに、寮にいるのは間違いなく助三郎本人らしいんですがね」

寅蔵は付け加えた。

「おかしい」

菊之丞の顔が戸惑いに歪んだ。

「おかしいですよ。奇妙な屋敷ですよ。いや、奇妙と言うより怪しい……悪の巣窟《そうくつ》です。そうでしょう」

寅蔵が賛意を求めると菊之丞は首を左右に振って、

「違うよ」

と、否定した。

「ええっ……」

啞然《あぜん》として口を半開きにした寅蔵に、

「悪相が表れていないのだ。それをおかしい、とわたしは言っている。お雪ちゃんの話、はげ寅の聞き込みによると、鯉屋敷では何らかの悪事が企てられていると思われる。しかし、黙って座ればぴたりと当たる、水野南北先生直伝の観相に悪相は出ていないのだ」

盛んに菊之丞は首を捻った。

寅蔵も妙案が浮かばず、重苦しい沈黙が続いた。


翌日寅蔵は単身、鯉屋敷に向かった。菊之丞に同道を求めなかったのは、助三郎に警戒心を呼び起こさせないためだ。

(鯉屋敷にはきっと秘密がある)

寅蔵はその秘密の所在が開かずの間にあると考えた。だとしたら、開かずの間を探るに限る。しかし、これは町奉行所の御用ではない。あくまで、寅蔵個人がお雪から聞いた鯉屋敷の謎めいた奉公に好奇心を覚えての行動だ。

助三郎に警戒心を抱かせず、探り出さねば。

向かう道々、考えを巡らせ向島に向かった。鯉屋敷が近づくと、長命寺の門前町にある山本屋《やまもとや》で桜餅を土産に買った。助三郎の好みかどうか知らないが、話のきっかけにはなるだろう。

寅蔵は鯉屋敷に至ると怪しげな行商人の姿を探した。が、お雪がまだ掃除の最中で居間に姿を現していないからか、それらしき人間の姿はなかった。木戸を潜り母屋の格子戸を開け、

「ごめんください」

玄関で声をかけるとお雪ではなく意外にも助三郎自身が姿を現した。いきなりの助三郎との対面だが、寅蔵は臆《おく》することもなく、

「突然、お邪魔します。あっしゃ、薬研堀で十手を預かっております寅蔵ってもんです」

まずは名乗ってから、お雪の父親にお雪の奉公ぶりを見てきて欲しいと頼まれたと堂々と嘘をついた。

「ほう、それは、わざわざ」

助三郎は疑う素振りも見せず寅蔵を母屋に上げた。寅蔵は、「すいませんね」と助三郎について廊下を奥に進んだ。居間に入ると、中年の男が待っていた。松吉だろう。

寅蔵は軽く頭を下げ、用意された座布団に座った。

「これ、つまらねえもんですが」

寅蔵が竹の皮に包まれた桜餅を差し出すと、

「いやあ、お気づかいありがとうございます」

助三郎は相好《そうごう》を崩した。

「いえね、お雪の家はご承知と思いますが、親一人娘一人ということでね、親父の奴、娘を溺愛してましてね、奉公ぶりが気になってしょうがねえそうで。ろくな躾《しつけ》もしてないのに、蓬莱屋さんなんていうご立派なお店のご隠居さんの身の回りのお世話なんてできるのかいな。日に三百文なんて、自分だって一人前の大工になって初めて手にすることができた、それを、二十歳《はたち》にも満たない娘っ子がいただいてくるなんて、こら、絶対にしくじりがあっちゃあならねえ、親分、お雪が粗相《そそう》をしていないか見てきておくれ、なんてね」

寅蔵は頭を掻《か》き掻き言った。

「そうですか、親分も大変ですな」

助三郎は微笑んだ。

「ま、あっしも頼まれたんじゃ断るわけにはいけやせんや」

寅蔵は言い添える。

「お雪さんですがね、中々、しっかりした娘さんですよ。掃除もきちんとやってくれています。それに、わたしの身の回りのこともね」

助三郎は温和な笑みを浮かべたままだ。

「そうですか、それを聞かせたら親父も安心でしょう」

松吉を盗み見したが、相変わらず無表情のままだ。

「ええっと、こちらの」

松吉に視線を向けた。

「松吉と申します」

松吉は重い口を開いた。

「松吉さんは蓬萊屋さんにお勤めになって長いんですか」

寅蔵は何気ない調子で聞いた。松吉の無表情にわずかに動揺の色が浮かんだ。

「ええ、まあ」

松吉は口ごもったが、

「ええ、松吉は長いことわたしの側《そば》に仕えていてくれます」

助三郎があわてて横から口を挟《はさ》んだ。

「そうですかい」

寅蔵は一応うなずいて見せてから、尚も松吉に言葉をかけようとした。すると、それをかわすように、

「ああ、お茶を淹《い》れますね」

松吉は立ち上がり部屋から出て行った。

「庭の池でたくさんの鯉を飼っていらっしゃいますね」

話を変えた。

「ええ、まあ。鯉は滋養に良いものでね」

助三郎はにんまりとした。

「するってえと、召し上がるために飼っていなさるんで」

寅蔵は驚いたように目を大きく見開いた。

「ええ、好物ですよ」

助三郎はけろっとしたものである。

「長生きの秘訣《ひけつ》ですか」

寅蔵は生垣に視線を走らせた。まだ、行商人の姿はない。のどかな田園風景に野鳥の囀《さえず》りが広がるばかりだ。すると、

「お待たせしました」

松吉が急須を盆に乗せてやって来た。助三郎はいそいそとした所作で竹の皮を広げた。桜餅のまろやかな香りが漂う。

「親分、遠慮なく」

助三郎は桜餅を頬張った。

「そうだ、お雪を呼んでまいりましょう」

松吉はまたも立ちあがり、奥に引っ込んだ。

「お雪ちゃんもこんなほのぼのした所で働けて幸せだ」

感に堪えたように寅蔵はうなずいた。

すると、お雪が松吉に伴われてやって来た。色黒のお雪が白地に菊の花が施された小袖に身を包んだ姿は、お世辞にも似合っているとか、きれいだとかの言葉をかけられるものではない。

その姿を見ればお雪の疑念は強い現実となって迫ってくる。

何故、このような格好をさせるのだ？

「まあ、親分さん」

お雪はぺこりと頭を下げた。

「親分さんはお雪さんのおとっつあんに頼まれて、奉公の様子を見にいらしたそうだよ」

助三郎が言った。お雪は戸惑いの色を浮かべたが、寅蔵が目で思わせぶりの合図を送るとにっこり微笑んで、

「親分さん、すみません。おとっつあんが気をもんでいるかもしれないんで、帰ったら、心配いりませんとお伝えください」

すると、

「どれ、鯉に餌をやるか」

助三郎がよっこらしょと立ち上がった。すかさずお雪は、

「そんなこと、わたしが致します」

だが、

「駄目だ」

松吉が甲走《かんばし》った声を出した。思わず、お雪も寅蔵も驚きの顔をした。

六

「あ、いや、鯉に餌をやるのはご隠居さまのお仕事だから」

松吉は、驚くお雪と寅蔵に言い訳でもするように言い添えた。

「ああ、その、そうじゃ。わしの楽しみでな。はははは」

助三郎は松吉に合わせるように付け加えた。

「それは、存じませんで」

お雪はおずおずと頭を下げる。寅蔵は笑顔を作り、

「ご隠居さん、鯉が可愛くて仕方ないんですね」

言ったものの心の内で、

(口に入れるまではね)

と、付け加えた。

「では、ちょっと失礼」

助三郎は縁側から庭に降り立ち、丼に入った餌を持って池に向かった。池に架かった石の橋に助三郎が立つと、池の水面がざわざわとした。鯉が集まってきたようだ。

「鯉もご隠居さんがわかるんだね」

寅蔵はおかしそうに肩を揺すった。と、ふと生垣の向こうに行商人風の男が通るのが見えた。

(あいつか)

寅蔵は横目で注意を向けた。すると、松吉も鋭い視線を向けている。寅蔵は、

(よし、今だ)

立ち上がると、

「厠《かわや》はどこかな」

お雪を見た。お雪が、「ご案内します」と立ち上がり、二人は部屋を出た。

「親分さん、何故いらっしゃったの?」

助三郎も松吉もいないことを見計らいお雪が言った。

「ちょいと、開かずの間のことが気になったんだよ」

寅蔵はお雪に開かずの間に位置を聞いた。お雪は一瞬、躊躇《ためら》う素振りを見せたが、

「こっちです」

先に立ち廊下を奥に進んだ。二、三度角を曲がり、突きあたりの座敷の前に出た。

「ここかい」

寅蔵の問いかけにお雪は無言でうなずく。なるほど、襖には大きく、「立ち入るべからず」の札が貼ってある。

「わかった。お雪ちゃんは帰ってな」

寅蔵はお雪の背中を押した。お雪の姿が見えなくなったところで、おもむろに襖に手をかけた。

（さて、何が飛び出すか。お宝か、それとも幽霊でもいるのかな）

深く息を吸い込みそして吐き出した。

と、その刹那《せつな》、

「何をしておられます！」

背中で松吉の声がした。

寅蔵はどきりとして飛び上がりそうになった。悪戯《いたずら》を見つかった子供のようだ。

「ええ、いや、その、なんですよ。厠に行こうと思って迷ってしまいましてね」

笑ってごまかそうとしたが、

「こんな所に厠があるはずがないでしょ」

松吉は厳しい顔を向けてくる。

「ええ、そうなんですよね。どうもあっしはあさってての方角に行っちまうって言いますか、すぐに迷っちまうんですよ」

寅蔵は額《ひたい》をぴしゃりと叩いた。

「親分、おふざけはたいがいにしてください。一体、ここで何をしておられたのです。この屋敷の中を探ろうとなさっておられるのでしょ」

「そんな、探るだなんて」

「探っているではありませんか。立ち入りを禁ずる部屋に入ろうというのは探ることではないですか」

松吉は追及をやめようとしない。

「ええ、実は、そうなんで」

寅蔵は、一旦は認めてみせた。松吉の表情がわずかに緩《ゆる》んだ。

「何故、当屋敷を探られます」

「なんと言ったらいいんでしょうね。物珍しさとでも言いやしょうか、蓬萊屋さんといやあ、たいした老舗だ。そのご隠居さんの寮、鯉屋敷なんてあだ名がついている。しかも、お雪ちゃんの奉公と言ったら、楽な仕事で割の良い給金だ。一体、どんなお屋敷なんだろうなって、物珍しさでやって来たところ、立ち入り禁止の部屋がある。こら、きっと、おいらたちなんかが一生お目にかかれないようなお宝でも隠されているんじゃねえかって、そう思ったら、岡っ引の性《さが》と申しやしょうか。中を覗いてみねえことには収まらなくなっちまった」

寅蔵は松吉が口を挟む隙《すき》を与えず、早口にまくし立てた。松吉は無表情で聞いていたが、

「そうですか。わかりました。ともかく、今日のところは、このままお引き取りください。ご隠居さまにはこのこと、言いつけないでおきます。言いつければ、ご子息である蓬萊屋の六代目紺三郎《こんさぶろう》の耳に入ります。紺三郎は町役人を務めておりますからね。ここまで言えば、おわかりいただけますね」

松吉は薄ら笑いを浮かべた。

ようするに、町役人である息子を通じて奉行所に抗議すると脅しているわけだ。町奉行所の手先を務める岡っ引が隠居屋敷の中を、勝手にうろうろしては困ると訴えられたら、菊之丞は与力から叱責《しっせき》を受けるだろう。自分が叱責を受けることはなんとも思わないが、菊之丞に迷惑がかかるのはまずい。

それに、お雪の立場も悪くなるに違いない。ここは、素直に従った方がいいだろう。

「へへ、どうもすみませんでした。じゃあ、あっしはこれで」

寅蔵は軽く頭を下げると、母屋の玄関に足を向けた。松吉は監視するように玄関ま

でついて来た。すると、棒手振りの魚売りが木戸を潜って来た。松吉はすぐに飛び出した。魚売りを連れ母屋の裏の方へ行く。

勝手に回らせて魚を買うつもりなのだろう。

「親分、どうもご苦労さんです」

お雪が見送りに出て来た。寅蔵は松吉がいないことを見計らって、

「お雪ちゃん、ちょっと」

耳を近づけるよう手ぶりで示した。お雪は腰を屈めた。

「頼む。開かずの間の中を覗いてくれないか。で、中に何があるのか今日の帰りにでも江戸富士に寄って教えて欲しいんだ。今回の絵解きの鍵はあの部屋の中にあると思う」

お雪はわかりましたとうなずいた。すると、母屋の奥からあわただしい足音が近づいて来た。松吉である。

「お雪さん、鯉に餌をやっておくれ」

「でも、餌はご隠居さまが」

お雪は小首を傾げたが、

「かまわない。お雪さんがやってくれ」

松吉は有無を言わさぬ態度で言うと、寅蔵に早く帰るよう無言の威圧を投げかけておいて奥に引っ込んだ。

「け、感じの悪い野郎だぜ」

鼻で笑うと寅蔵は玄関を出た。


一旦、木戸を出てから水車小屋に移動した。屋敷の中を見ると、お雪が池の橋に立って鯉に餌を与えている。生垣に目をやると、既に行商人の姿はなかった。と、思うと行商人は秋葉権現の方に走って行く。

追いかけようと思ったが、行商人の足はあまりに速かった。今からではとても追いつけそうにない。それに、宿は確かめているのだ。今日はともかく、江戸富士に戻って、お雪からの報告を待とう。

(お雪ちゃん、頼んだよ)

寅蔵は餌をやり終え母屋に戻るお雪の後姿に向かって心の内でつぶやくと、家路を急いだ。


江戸富士に戻ると、暖簾を潜ってすぐ左手にある小机に陣取った。お仙の目を避けるように台所に背を向け、戸口を見ながら酒を飲み始めた。猪口を重ねながら、鯉屋敷を訪問して抱いた疑念に思いを馳せる。

まずは、開かずの間だ。

あの部屋には一体どんな秘密が隠されているのだ。あの松吉の態度。異様な警戒心だった。絶対に門外不出の秘密が隠されているに違いないが、考えてわかるものではない。ここはお雪の働きに期待を寄せればいい。お雪を待つとしよう。

次に、鯉の件だ。

助三郎が鯉を可愛がっているのはわかる。可愛がっているから自ら餌を与えているというのもわかる。しかし、気を利かせて餌を与えようとしたお雪を制した時の松吉の態度はあまりに厳しかった。叱責するような口調だった。助三郎の楽しみを奪う余計な事をするな、お雪の仕事ではない。ということなのだろうが、あの物言いは行き過ぎだった。

鯉に餌を与えることがそれほどに大それたことだというのか。

さらに、鯉の件では大きな疑念がある。

寅蔵が寮を去る時、松吉は急にお雪に餌を与えることを言いつけた。助三郎以外、やってはならないと厳しく釘を刺しておきながら、豹変したのだ。

これは、一体どういうことだ。

助三郎の具合が悪くなったのか。ならば、松吉が行けばいいではないか。それに、水車小屋から母屋を眺めた時、助三郎は居間にいた。いたって健康そうだった。

そう、風邪をひくといけないからと障子を閉めようとしたのに開け放っておくようにと要求するそうだ。実に達者である。鯉屋敷の謎解きに鯉の存在も大きく関係しそうだ。

最後に松吉という男だ。

蓬莱屋ではその存在を知らない者もいた。助三郎の話では、自分の側に仕えているという。寮に奉公する手代などいるものだろうか。それに、あの目つき。妙に鋭い。口調も詰問調だ。言葉使いは商人と言うより侍を思わせる。

そうだ。ひょっとして、あの男、侍ではないか。

寅蔵は思わず猪口を干した。

そこへ、菊之丞がやって来た。手に徳利と猪口を持っている。

寅蔵は鯉屋敷訪問の様子を語った。その上で、思案を巡らせていた疑問点を並べ立てた。

「と、まあ、あっしが疑念に思うことですよ」

寅蔵は猪口を持て余すようにくるくると回した。

「探れば探る程、怪しさが募る……しかし、悪相は表れていない」

菊之丞は思案するように眉間に皺《しわ》を刻んだ。

「開かずの間に鯉に松吉、三題ですね。この三つの題目をうまいこと繋ぎ合わせて一つの噺《はなし》ができればって思いますね。落語じゃないが、三題噺をこしらえることができれば、鯉屋敷の謎は絵解きができるってことですね」

寅蔵は確認するように菊之丞を見返した。菊之丞はうなずくと、空《から》の徳利を振った。寅蔵が台所から酒の追加と味噌豆、めざしを調達して来た。菊之丞は寅蔵の酌を猪口で受け、

「そうだ、この三つのお題目をくっつける糊《のり》があるのさ」

思わせぶりににやりとした。

「糊……っていいますと……そうだ、松吉ですね」

寅蔵は落ち着いた口調で返した。

「はげ寅にしちゃあ上出来だ。そう、松吉だよ」

素直に認めないのが菊之丞らしい。

「開かずの間の存在、鯉の餌、共に松吉が仕切っていやがった。待てよ」

寅蔵は思い出した。

松吉がお雪に鯉に餌を与えるよう言いつける前、棒手振りの魚売りがやって来た。松吉は魚売りを勝手に導いた。その直後だった。

これは、偶然なのだろうか。

「そう言えば、お雪ちゃん、遅いな。もう、六つ半（午後七時）だぜ」

寅蔵は首をひょこっと伸ばし戸口を見た。

寅蔵は開かずの間の探索を頼んだことは黙っていた。

しかし、お雪は来ない。

「お雪ちゃんの家を覗いて来ます」

寅蔵も胸騒ぎがした。

（まさか）

お雪の身に何か悪いことが起こったのではないだろうか。開かずの間の探索を松吉に咎《とが》められているのではないか。寅蔵は不安で胸が一杯になった。

七

それより、二時ばかり前のことである。

お雪は助三郎に挨拶をして帰ろうとした。松吉にも挨拶をしようとしたが姿が見えない。ま、いいか、と思うと寅蔵の依頼が頭を過《よぎ》った。

(今なら、調べられるかも)

お雪は胸を躍らせた。なんだか、興奮する。

廊下を奥に進んだ。誰もいないことを確かめる。開かずの間に至った。襖に手をかける。胸の鼓動が高鳴った。心の臓の音が聞こえるようだ。両の掌《てのひら》が汗ばんだ。

(ええい)

お雪は目を瞑って、思いきって襖を開けた。

「ああ!」

気をつけていたのに、口から悲鳴が漏れた。

「約束を破ったたな」

背後で松吉の声がした。

「……」

お雪は言葉を発することができず、部屋の中で崩れるようにへたり込んだ。

「ここから出てはならん」

松吉は襖を閉めた。お雪は牢に入れられたような思いがした。


菊之丞と寅蔵が江戸富士にいると、仁吉がやって来た。

冴えない顔の仁吉を見て、寅蔵はお雪に開かずの間の探索を依頼したことの後悔が胸をつく。ひょっとして、お雪の身に何かあったのではないか。

果たして、

「鯉屋敷から報せがありましてね、お雪の奴、今晩は泊まりで奉公してもらうことになった、心配するなと言ってきたんですよ……まあ、ひどい目に遭うことはないでしょうが、何だか心配で……取り越し苦労ですかねえ」

顔を曇らせ、仁吉は語った。

「泊まりだって！」

つい、寅蔵は声を大きくしてしまった。

「ま、まずいですかね」

仁吉の心配は高まった。

慌てて寅蔵は笑顔を取り繕《つくろ》い、

「まあ、大丈夫だよ。蓬莱屋さんといやあ、日本橋の大店《おおだな》だ。ご隠居さんが店の看板に泥を塗るような真似《まね》はしないよ、ねえ、菊之丞の旦那」

と、菊之丞を頼った。

「あの寮に悪相は表れていないから、お雪ちゃんの身に災いは及ばないさ。お雪ちゃんの面相に表れている幸運も消えてはいないからな」

菊之丞が言うと、

「それ見ろ。菊之丞の旦那も太鼓判を押していらっしゃるんだ。菊之丞の旦那は、観相の達人でいらっしゃるから、万に一つもお雪ちゃんの身に不幸は訪れないさ」

寅蔵は笑みを深めた。

観相を持ち出されても不安は去らないようで、仁吉は黙って思案し始めた。

「まあ、あれこれ考えても仕方ないよ。どうだい、一杯飲んだら。奢《おご》るぜ」

寅蔵が勧めると、台所から出て来たお仙が怖い顔でこちらを見ている。寅蔵が目をそむけたところで、

「今日のところは、家に戻ります。ひょっとして夜中にお雪が帰って来るかもしれま

せんので」

仁吉は一礼して江戸富士を出ていった。

入れ替わるようにお仙が近づき、

「おまいさん、調子のいいことばっかり言わないでおくれな。大体おまいさんは見栄っ張りなんだよ、お陰で……」

小言を並べ始めた。

「おう、こうしちゃいられねえ。お雪ちゃんの身にもしものことがあったら大変だ。話は後だ」

逃げるようにして寅蔵は暖簾を潜った。お仙は菊之丞と顔を見合わせ、何を言っても無駄だとばかりに首を横に振り合った。

「やれやれ」

菊之丞はぼやくと寅蔵を追いかけた。


菊之丞と寅蔵は鯉屋敷にやって来た。

焦る寅蔵は息を切らせ、秋も深まったというのに顔は汗ばんでいる。対して菊之丞の巨顔には微塵《みじん》の動揺もない。ふてぶてしい面構《つらがま》えは何処か涼し気だ。

月のない夜である。秋の虫と水車の回る音、時折、鯉が跳ねる音が空気を震わせるばかりだ。

母屋も離れ家も雨戸を閉め、漆黒《しっこく》の闇の中にある。

「旦那、行きますか」

寅蔵が腕まくりした。一刻も早くお雪の無事を確かめたいところだ。

「行くにしても、忍び込むのはよくないな。盗人じゃないんだからねえ」

菊之丞は勇み立つ寅蔵を宥《なだ》めた。

「じゃあ、ごめんください。お雪ちゃんの様子を見に来ましたって、玄関で挨拶するんですか。助三郎や松吉は、それで素直にあっしたちをお雪ちゃんに会わせてくれますかね」

寅蔵は不満そうな声を出した。

即座に、

「駄目だな」

菊之丞は否定した。

「いや、ここは、忍びこんでお雪ちゃんを助け出すしかねえですよ。鯉屋敷では、恐ろしいことが起こったんです」

「恐ろしいこととは何だよ」

菊之丞は問い返した。

「お雪ちゃんの前に奉公していたという女中は、おそらく助三郎と松吉に殺されたんですよ。何故殺されたのか。女中が盗人一味の引き込み役だったからですよ。だが、殺したものの、盗人一味の目がある。それが怪しげな行商人だ。開かずの間には女中の遺骸《いがい》がある。助三郎と松吉は、盗人の目に女中が生きているように見せかけるため、身代わりを立てることにした。それがお雪ちゃんだ。お雪ちゃんが選ばれたのはおそらく殺した女中に背格好が似ていたからです。あんな着物や髪飾りをつけさせられたのは、死んだ女中を装うためだったんです、間違いありませんよ」

寅蔵は早口に捲し立てた。

次いで、お雪が開かずの間で女中の遺骸を見つけたとすると、今頃は殺されたかもしれないと思ったが、とても菊之丞には告げられなかった。

「ともかく、お雪ちゃんを助け出さねえと」

寅蔵は言うと木戸を潜った。

「どうせ、開くわけはないだろうが……」

菊之丞はつぶやきながら格子戸に手をかけた。すると意外にも、

「心張棒《しんばりぼう》をかっていないな。不用心だねえ」

するりと戸が開いた。

寅蔵が先に忍び足で玄関の中に入る。闇が広がるばかりだ。菊之丞と寅蔵は雪駄《せった》を脱ぎ、着物の懐に入れた。

「開かずの間に行きますぜ」

寅蔵は囁《ささや》いた。菊之丞は無言を返す。今までにも増して、息を殺し、足音を消して廊下を進んだ。

「ここですよ」

寅蔵は開かずの間に至った。

寅蔵の脳裏に死んだ女中の遺骸、お雪の無惨な姿が浮かぶ。そう思うと中に入ることは気が進まない。いや、気が進まないどころか、自分のせいで無残な死を迎えたかもしれないお雪に合わせる顔がない。

だが、そんなことは言っていられない。全ての現実を受け入れるしかないのだ。寅蔵は、

「開けますぜ」

菊之丞、そして自分自身に言い聞かせるように囁くと、両手に力を込め襖を開けた。

「あっ！」

寅蔵は大声を上げた。

と、同時に、

「観念しろ！」

闇の中から怒声が轟《とどろ》き、複数の人影が蠢《うごめ》いた。人影は菊之丞と寅蔵に襲いかかって来た。

菊之丞は咄嗟《とっさ》に後ずさり、拳を振るった。暗がりの中とはいえ、敵の頬を打つ感触と悲鳴が聞こえた。

体勢を整え、敵に向かおうとしたところで予想もしなかった大勢の人間が殺到してきた。

たちまち、菊之丞と寅蔵は組み伏せられた。

八

やがて、廊下を大勢の人間の足音が提灯の灯りと共に近づいて来た。

「なんだ、どうなっているんだ」

寅蔵は男に組み伏せられたまま呻《うめ》いた。菊之丞も男にのしかかられ、手足をばたばたとさせている。四人に両手、両足を押さえ込まれていた。巨体も巨顔も数人がかりの男相手とあって苦闘している。

いや、菊之丞は悪党面に余裕の笑みを浮かべていた。相手に向かって、

「もっと、力を入れたらどうだい。そんなんじゃ、捕まえられないよ」

と、語りかけると両手、両足に加えられた力が強まった。

「よし、良い具合だ。そらよ……」

菊之丞は呑気《のんき》な声をかけると両肩を上下に動かした。

「ああっ」

両手を掴《つか》んでいた二人が素《す》っ頓狂《とんきょう》な声を上げる。二人の手が菊之丞から離れ、虚空を掴んだ。

菊之丞は半身を起こし、両足で勢いよく蹴飛《けと》ばした。足を掴んでいた二人が弾き飛ばされる。

「だから、言っただろう。もっと、力を込めろって」

涼しい顔で声をかけると菊之丞は立ち上がった。両手がだらりと下がっている。驚きの目で見つめる敵を前に、

「よっこらしょ」

　と、菊之丞は右手で左手を持ち、肩を揺さぶった。左手がしゃきっとなる。続いて右手も直した。

「わたしはね、観相の大家、水野南北先生の直弟子なのだよ。観相の中には骨相もあってね、関節を自在に外し、戻せるのだねえ」

　誇らし気に菊之丞は両肩をぐるぐると回し、敵を他所《よそ》に寅蔵を見た。寅蔵を組み伏せている者たちも菊之丞に恐れを成し、寅蔵を解き放った。

　そこへ、

「なんだ、おまえか」

　松吉の声がして提灯が寅蔵に近づけられた。

　が、声はするが松吉の姿はない。と、寅蔵が思ったら、商人の扮装ではなく黒地の小袖に黒の裁着《たっつ》け袴《ばかま》、腰には大小を帯びていた。どこから見ても侍だ。

「まったく、邪魔ばかりしおって」

　松吉は言った。

「あんた、一体」

　寅蔵は目を白黒させた。

「今となってはいいだろう。隠し立てはせん。わたしは火付盗賊改方の隠密同心松崎《まつざき》内蔵助《くらのすけ》と申す。これなるは、みな火付盗賊改方の手の者たちだ」

松崎は男たちを下がらせた。

「火付盗賊改方、へえ、そうですか」

寅蔵は口をあんぐりと開けると開かずの間を見やった。松崎は行灯に灯りを灯した。

「お雪ちゃん」

寅蔵が驚きの声を上げた。部屋の真ん中にお雪がちょこんと座っていた。寅蔵はその顔を見て、腹の底から安堵の気持ちが湧き上がった。

「早瀬の旦那、親分さん」

お雪は意外に元気そうだ。

「これは」

寅蔵は部屋を見回した。

四方の襖に娘の絵が貼られ、衣紋《えもん》掛《か》けに小袖が掛けられ、鏡台には色とりどりの小間物が置いてある。

「ご隠居さんの亡くなられたお孫さんのお部屋だったそうです」

お雪は言った。

「へえ、お孫さんの」

　寅蔵は言葉をなぞった。

「お孫さんが生きておられた時、よくこちらに遊びに来られこの部屋を使っていらしたそうです。ご隠居さんはお孫さんを大そうかわいがられ、鯉もお孫さんがお好きだったんです。この部屋はお孫さんがお使いになったままの状態にして、誰も立ち入らないようにしたんだそうです」

「そうだったのか」

　開かずの間の正体はわかったが、依然晴れない疑念が残っている。寅蔵は松崎に問いかけようとした。松崎も身構えた。すると、

「松崎さま」

　甲走った声がした。

「すまん、後じゃ」

　松崎は踵を返した。同時に庭先で騒ぎが起きた。

「捕り物ですかね」

　寅蔵の言葉に菊之丞は肩をそびやかしながらもうなずいた。どうやら、松崎たちは鯉屋敷に忍び込む盗人を待ち構えていたようだ。

「どれ、見物としゃれこむか」

寅蔵は腕捲《うでまく》りをして部屋を出た。すると、黒い影が脱兎《だっと》のごとく走って来る。影は人の形となった。顔を黒覆面で隠し、黒小袖の裾《すそ》をはしょっていた。

「悪党！」

菊之丞は立ちはだかった。

三人の盗人が匕首《あいくち》を抜いて襲いかかって来た。動ずることなく、菊之丞は真ん中の男の顔面を鉄拳で殴る。男は呻き声を漏らして膝《ひざ》から頽《くずお》れた。

間髪入れず、左の男に足を出して引っかけた。男はもんどり打って廊下を転がる。

残る一人は匕首を突き出した。

菊之丞は左に避け、男の手をねじり上げ、

「馬鹿め」

と、肩に右手をかけた。

次の瞬間、関節が外れる鈍い音がした。

「おお、これは、かたじけない。こ奴、盗人一味の頭で風《かぜ》の五郎兵衛《ごろべえ》と手下でござる。いや、お手柄、お手柄」

松崎は上機嫌に言うと五郎兵衛たちを引き立てた。庭に出ると、闇の中で盗人が十人ばかり火付盗賊改方に捕縛されていた。

　翌日の晩、菊之丞と寅蔵は江戸富士で飲んでいた。

　鯉屋敷の謎は絵解きされた。

　辞めた女中は寅蔵が睨んだ通り盗人一味の手引き役だった。助三郎はその女に死んだ孫娘の面影を重ね雇い入れた。孫娘が好きだった菊の花の小袖と鼈甲細工の髪飾りを身に着けさせた。ところが、日々助三郎に接するうちに女は情にほだされて改心し、素性を告白して自害した。

　助三郎は火付盗賊改方に連絡した。火付盗賊改方は一味を捕縛しようと助三郎に協力を求めた。

　こうして、手引き役の女の身代わりを立てることになった。身代わりとして死んだ手引き役と背格好の似たお雪が選ばれたのだった。お雪が突然鯉に餌をやらされたのは、それが手引きの合図だったからだ。火付盗賊改方は一味の頭、風の五郎兵衛が江戸に潜入し仲間と接触したことを突き止め、一気に捕縛しようと偽の合図を送ったのだ。

　お雪は昨日合図を送った後、盗賊一味が接触することを恐れた松崎によって、一晩だけ鯉屋敷に留め置かれたのだった。

「ま、一件落着ですね」

寅蔵は笑顔を見せた。

「そうかな」

菊之丞は浮かない顔である。

寅蔵は自分の推理が外れたことを悔いている。

「ま、火付盗賊改方の盗人捕縛を助太刀して、感謝されたじゃありませんか。近々、火付盗賊改方のお頭から感状と褒美《ほうび》が出るそうですよ」

寅蔵に言われ、

「怪我の功名、いや、結果良ければ全て良しだ。ま、観相は外れていなかったんだしな。あれだけ怪しげな動きばかりだった鯉屋敷に、悪相が表れていなかったはずだねえ」

菊之丞は自信を取り戻し、悪党面が笑顔になった。

寅蔵はお仙に徳利の追加を頼んだ。

第四話　奇妙な茶碗

一

霜月《しもつき》の五日、木枯らしが吹く初冬の昼下がり、早瀬菊之丞は薬研の寅蔵と上野不忍池《うえのしのばずのいけ》の畔《ほとり》に来ている。

畔では骨董品《こっとうひん》の市が開かれていた。肌寒い風が吹く中、老若男女、あるいは身分を問わず、雑多な人間で市は賑《にぎ》わっていた。

紅白の天幕が張り巡らされた会場には菰掛《こもが》けの小屋が立ち並び、掛け軸、茶器、壺《つぼ》といった様々な骨董品が並んでいる。どんよりとした雲が垂れ込め、じっとしていると寒くてどうしようもないこの日、綿入りのどてらを着込んだ寅蔵は人で溢《あふ》れんばかりの会場を見やった。

「物好きな連中が多いもんだねえ」

菊之丞はあくびをした。

「例の火焔《かえん》太鼓の影響じゃありませんかね」

寅蔵が返す。

「三百両で売れたって太鼓か」

さる道具屋が骨董市で仕入れた煤《すす》だらけの太鼓を、さるお大名が三百両で買い取ったというのだ。道具屋自身も知らないことだったが、その太鼓は火焔太鼓という世に二つとない珍しい太鼓だったそうだ。

「それにしても太鼓一つで三百両とは、お大名ってのは剛毅《ごうき》なもんですね」

寅蔵はため息を漏《も》らした。

「だから、今日も掘り出し物のお宝でもないかと、金山、銀山を掘ろうって了見でやって来ている者が多いだろう」

菊之丞もそう思ってやって来たのだが、自分のことは棚に上げた。

「しかし、菊之丞の旦那。そんないい話、めったに転がってやしませんよ」

訳知り顔で寅蔵は言った。

「富くじを買うよりは率がいいぞ」

と、菊之丞は返したものの、

「期待しない方がよさそうだな」

と、来たことを後悔した。

対して、寅蔵の方が掘り出し物を見つける意欲に駆られ始めた。あちらこちらの店先では呼び込みが行われている。

しかし、巨体、巨顔で風を切る八丁堀同心に声をかける者はいなかった。精々、目が合った時に、

「ご苦労さまです」

と、挨拶《あいさつ》をされるだけだ。

そのお陰で寅蔵は客引きに煩《わずら》わされることなく、骨董市を見回ることができる。やがて、「神田三河町《みかわちょう》豊年屋《ほうねんや》」という看板の掛かった菰掛けの小屋に足を踏み入れた。

間口三間ほどの店の中は、茶碗や茶釜が縁台にずらりと並んでいる。

ぽつんと一人、前掛けをした初老の男が店番をしていた。

「へ〜え、茶道具ですね」

寅蔵は黒みがかった茶碗を手に取った。

「はげ寅、茶器なんてわかるのかい」

菊之丞が横から覗《のぞ》き込んだ。

「わかりませんがね、思わぬお宝があるかもしれませんぜ」

寅蔵は縁台の茶碗を次々と手に取り、時折むずかしい顔でわざとらしく咳払《せきばら》いをした。すると、店番の男が近寄って来て、

「お客さま、茶碗にご興味が」

満面の笑みを広げた。いかにも人の好さそうな、誠実そのものといった顔つきだ。

「うん、まあ」

曖昧《あいまい》に言葉を胡魔化《ごまか》し、寅蔵は黒塗りの茶碗を返した。

「おや、お客さま、この茶碗を選ばれたので」

男は大きく目を開いた。

「いや……まだ、選んだわけじゃねえが。どうかしたのかい」

「お目が高いと思いまして」

男は感心するように大きくうなずいて見せた。

「……そ、そうかい」

内心戸惑いながらも、寅蔵は満更でもなさそうに目尻を下げた。

「相当な目利きとお見受け致しました。わたくし、神田三河町で骨董屋をやっており

ます、豊年屋の主《あるじ》で伊助《いすけ》と申します」

伊助は丁寧《ていねい》に腰を折った。

「ま、目利きってほどじゃねえんだが、茶道具にはいささか興味があるんだ」

寅蔵が言うと菊之丞は笑いを嚙《か》み殺して顔を伏せた。

「そうですか。いや、それにしましても、お客さまが手にされた茶碗、何を隠そう」

伊助は辺りを憚《はばか》るようにきょろきょろと見回してから、寅蔵の耳元に口を寄せ、

「千利休《せんのりきゅう》が茶を点《た》てたという由緒ある茶碗でございます」

「千利休だって！」

驚く寅蔵の横で菊之丞は失笑を漏らした。

いくら茶の湯に無関心な者でも千利休の名は知っている。

「千利休って、太閤秀吉《たいこうひでよし》の……」

寅蔵はすっかり興奮した。

「これだけある中で、この茶碗に目をつけなさるとはさすがだなと感心しました」

伊助はもみ手をした。

「いやあ、おいらも、まさか利休所縁の茶碗があるとは思ってもいなかったよ。骨董市には思いもかけない掘り出し物があるって聞いてはいたんだが」

「では、これをお買い上げに」

伊助は上目遣いになった。

「うん、そうしてえんだが、今日は冷やかしのつもりで来たんだ。持ち合わせがあるかな」

利休所縁の茶碗となると、寅蔵は懐具合に自信がない。

「それはもう、市でございますから格別の値にてお売り申し上げます。わたくしども、儲《もう》けは抜きの覚悟でございます」

伊助の笑顔に釣り込まれるように、

「そうか、試しに言ってみな。いくらだ」

寅蔵は袂《たもと》に右手を入れ、財布を探した。

「これだけで、結構でございます」

伊助は人差し指を一本突き立てた。

「十両か、そいつは持ち合わせがねえな」

残念だとばかりに寅蔵は首を左右に振った。

たとえ利休所縁の品であろうと、茶碗一個に十両もの大金を出せるわけがない。それならそれで、諦めがつく。

ところが伊助は、

「十両なんてとんでもない。もっとお安うございますよ」

大きくかぶりを振った。寅蔵の顔が綻《ほころ》んだ。

「一両かい」

「いえ、一分でございます」

伊助はすました顔である。

「一分……よし、買った！」

寅蔵は弾んだ声を出した。

千利休所縁の茶碗が一分だという。買わなきゃ損だ。火焔太鼓ではないが、骨董市には思いもかけない掘り出し物がある。よしんば、まがい物としても一分なら元々である。

「ありがとうございます」

伊助は深々と頭を下げてから、

「おいくつお買い上げで」

と、顔を上げまじまじと寅蔵の顔を覗き込んできた。

「ええ、ああ、一つでいいよ」

寅蔵は戸惑いの声を上げた。

すると、

「一つでいいんですか」

伊助は誘うような笑みを浮かべ、利休所縁の茶碗はあと四つあると言い、五つ一緒にお買い上げくだされば、一両と一分のところを一両丁度でいいという。

「そうかい。じゃあ、五つもらうよ」

伊助に畳み込まれた寅蔵は財布を開けた。

だめだ、三分と一朱、それに銅銭しかない。

「あ、いけね、ちょっと、待ってくれ」

寅蔵は菊之丞を見て、

「ちょいと、すんません」

と、表に出るよう頼んだ。

菊之丞は応じ、寅蔵と一緒に表に出る。

「金を貸して欲しいのかい」

菊之丞が言うと、

「さすがは菊之丞さま、黙って座れば、ぴたりと当たりますね。図星でございます」

寅蔵はぺこりと頭を下げた。

「わざとらしい世辞を言いおって。貸してやらなくはないが、茶碗を買うのは止めた方がいい」

菊之丞は反対したが、

「観相《かんそう》で贋物《にせもの》だってこってすか」

寅蔵は眉をひそめた。

「観相をするまでもないねえ。利休所縁の茶碗が同じ店に五つもあるものか」

菊之丞は一笑に伏した。

「そりゃ、疑わしいですが、たとえ一つだけでも本物だったら儲けものですよ」

寅蔵は買う気満々である。

「馬鹿、全部、贋物に決まっているさ」

再度、菊之丞が否定した時、

「他のお客さまにお売りしてよろしいのですね」

店の中から伊助が声をかけてきた。

寅蔵は焦り、

「お願いしますよ」

と、菊之丞に懇願した。

「騙《だま》されても知らないぞ」

やれやれ、と菊之丞は財布から一分金を出し、寅蔵に与えた。「恩に着ます」と寅蔵は受け取り、店内に戻って支払いを済ませた。

この際ですからと、利休所縁の茶釜まで売りつけられ、寅蔵は菊之丞からさらに金を借りて一両二分を払った。

伊助はおまけもつけてくれた。平安時代の高名な書道家、小野道風《おののとうふう》直筆の掛け軸だ。

喜色満面で寅蔵は店を後にした。

二

「まったく、もう呆《あき》れて物が言えないね」

お仙はいきり立った。寅蔵が骨董市で買い込んできた茶道具について、あらん限りの罵詈雑言《ばりぞうごん》を浴びせてきた。江戸富士の二階の部屋である。

寅蔵は伊助からおまけとして貰った掛け軸を床の間に飾り、茶釜と茶碗を並べた。

「茶器の価値なんてわかりゃしねえくせに、がたがた言うんじゃねえよ」

寅蔵は言い返した。

「おまいさんだって、わかりゃしないじゃないの」

負けじとお仙も言い返す。

「馬鹿野郎、おらあな、骨董屋から目が利くって誉められたんだ」

「それは世辞とかおだてって言うの。そうやって買わせようってのが骨董屋の腕の見せ所じゃないの。第一、これ、なんて読むのよ」

お仙は掛け軸を見た。寅蔵は側《そば》に寄り、

「これはな、小野道風って古《いにしえ》のえれえ学者先生ご直筆の掛け軸だ」

重々しく告げた。

「だから、なんて書いてあるの」

お仙は問いを繰り返す。

「それは、だから……」

寅蔵は眉間《みけん》に皺《しわ》を刻んだ。黄ばんだ紙にミミズがのたくったような草書体の字が書かれているのだが、何と書いてあるのかさっぱりわからない。

「こういうのはな、読めないところに値打ちがあるんだよ」

訳知り顔で寅蔵が言うと、

お仙は呆れたようにため息を吐《つ》いた。

そこへ、菊之丞がやって来た。

お仙は階段を下りていった。


「旦那、いらっしゃい」

お仙が挨拶をすると、

「おお、昼飯を食いそびれたんだ。うどんを食わせてくれよ」

菊之丞は腹をさすった。

力士のような巨体ではあるが、ソップ型の為、胴は引き締まっている。

「おやすい御用で」

「すまんな」

菊之丞が小机に向かおうとしたところへ、寅蔵が階段から下りて来て、

「菊之丞の旦那、ちょっと、昨日、骨董市で買った掛け軸ですがね……小野道風の……あれ、何て書いてあるかって思いましてね。その、なんですよ。達筆過ぎて読めねえんですよ。で、菊之丞さまなら読めるんじゃないかって……お恥ずかしい話なんですがね」

頭を掻《か》きながら寅蔵は頼んだ。

「いいよ、読んでやるよ。礼はうどんだぞ」

菊之丞は応じて二階に上がった。

お仙もついて来た。寅蔵が、

「菊之丞さまが読んでくださるぜ」

と、言うとお仙は床の間の前に立った。

菊之丞はお仙の横で掛け軸を見ると、

「人形焼きだってさ」

と、腹を抱えて笑い出した。寅蔵は、「人形焼き……」と呟《つぶや》き、唖然《あぜん》として口を半開きにした。

「にんぎょうやき、と平仮名で書いてある。値打ちがあるように見せかける為、草書で書かれてあるねえ」

菊之丞の説明を聞き、お仙が顔をしかめ、

「それ、ご覧なさい」

と、寅蔵を責める。

「畜生、あの野郎。引っくくってやる」

寅蔵は怒りで顔を真っ赤にした。

「だから、止めておけ、と忠告しただろう」

菊之丞は鼻で笑った。

「旦那も意地が悪いですぜ。だって、そうでしょう。昨日、掛け軸の読み方を教えてくださらなかったじゃありませんか……ま、これはおまけだから諦めもつきますけどね」

菊之丞に恨み言を並べ、未練たらしく寅蔵は掛け軸を眺めていたが、

「捨てちまいな」

と、お仙は掛け軸を外してしまった。

「千利休所縁の茶碗と茶釜はどうでしょうね」

贋物を摑《つか》まされたとわかりつつも、寅蔵は一縷《いちる》の望みは捨てていないようだ。

「昨日言った通りだよ。贋物に決まっているさ。今回は高い手習い料だと思って諦めるんだな」

菊之丞は冷たく言い放った。

と、その時、

「あああっ」

寅蔵が叫ぶと同時に大きな揺れを感じた。

お仙も小さく叫び、その場にしゃがみ込む。

「押し入れだ」

言うや、菊之丞は座敷を見回す。

「こっちです」

立ち上がったお仙に案内され、菊之丞は押し入れに向かった。お仙が襖《ふすま》を開ける。

その間にも地震は続き、屋根瓦《やねがわら》が次々と落下した。

「お仙さんは下だ」

と、お仙を押し入れに入れ、菊之丞は上に潜り込んだ。布団にくるまったところで寅蔵もやって来たが、

「おまえは、入れないよ」

無情に告げると菊之丞は襖を閉めた。

「そ、そんな……」

情けない声を出し、寅蔵は部屋に取り残された。次いで、両手で頭を抱え、寅蔵はしゃがみ込む。

幸い、徐々に揺れは治まった。

菊之丞が戸を開けた。

すると、

「あ〜あ、なんだよ！」

寅蔵は悲鳴を上げた。畳に茶碗の破片が散乱している。

「利休の茶碗が割れちまったよ」

肩を落として嘆く寅蔵に、

「おまいさん、そんな我楽多《がらくた》なんかどうでもいいじゃない。それより、店が心配だよ」

お仙は押し入れを出ると、大急ぎで階段を下りていった。

程なくして、

「いやだ、もう！」

お仙も悲鳴を上げた。

菊之丞と寅蔵も階段を下りる。

割れた皿や碗が散乱していた。不幸中の幸いは昼過ぎとあって客がいないことだった。

三

寅蔵がまがい物を摑まされた翌日の昼下がり、深川山本町《ふかがわやまもとちょう》の道具屋甚兵衛《じんべえ》は重いため息を吐いていた。このところ、商売はさっぱりだ。さっぱりどころではない。青息吐息の状態が続いているのだ。女房のお光《みつ》は口を開けば小言ばかりである。

甚兵衛という男、口下手の上にはったりが利かない。女房のお光が言うように、道具屋に不向きな男だった。その上、道具屋のくせに目が利かない。骨董市で仕入れてくる品はどれも売り物にならない我楽多ばかりである。

「このまんまじゃ、店は潰《つぶ》れちまうよ。あたしゃ、首を括《くく》りたかないからね」

お光から連日のように嫌味を言われていた。今日も骨董市に来て掘り出し物はないかと見て歩いたのだが、目ぼしい物は見つからずじまい。家で待っているであろう、お光の小言を思うと、帰る気には到底ならなかった。

重い足取りで永代寺門前町《えいたいじもんぜんちょう》の茶店に入った。緋毛氈《ひもうせん》が敷かれた縁台に腰を下ろし、食べたくもない草団子と茶を頼む。曇天が広がり、寒さが身に沁《し》みる。

「あ〜あ」

口をつくのはため息ばかりだ。家に帰りたくないと思いぼんやりと茶を啜《すす》っていると、背後で人の声がする。初老の男と若い男の二人連れだ。

「お師匠さん、今日は収穫がございましたな」

「そうじゃ。まさか、朝鮮渡来の井戸形茶碗が手に入るとはな」

聞くともなしに耳に入ってくる話では、どうやら二人も骨董市の帰りなのだろう。お師匠さんと呼ばれているところを見ると、年配の男は名のある人物なのであろうか。紬《つむぎ》の着物に羽織、袴《はかま》、頭には宗匠頭巾をかぶっている。頭巾から覗く髪は白髪交じりだった。

「お待ちどうさま」

女中が草団子を運んで来た。

「ちょっと、後ろのお年寄り、知ってるかい」

甚兵衛は小声で女中に確かめた。

「大谷慶州《おおたにけいしゅう》先生ですよ」

女中は心持ち自慢げに答え、時折寄ってくださるのですよと言い添えた。

(大谷慶州か)

甚兵衛は盗み見た。

大谷慶州は大名屋敷や旗本屋敷、富裕な商人に出入りする茶人である。また、骨董品の目利きとしても有名で、しばしば骨董市で掘り出し物を見つけては大名や旗本、大店《おおだな》の商人が高値で買い上げることでも知られている。

大名や旗本屋敷の蔵に収蔵されている先祖伝来の骨董品を目利きし、値つけを依頼されることもしばしばである。

（世の中にはそんなご仁もいるんだな）

羨《うらや》ましい限りだ。

「これ、長山《ながやま》さまのお目にかければ高く買い取ってくださいますよ」

供の若い男は弟子だろう。長山さまとは何処《どこ》ぞのお大名か。

「久蔵《きゅうぞう》、なにも、お大名に買っていただくために骨董市に来ているわけじゃない。わしは、思いもかけない掘り出し物を見つけるのが楽しみなのじゃ。神田三河町の豊年屋が店を出すと聞いて足を向けて良かった。あの伊助という男、まがい物をたくさん扱っておるが、稀《まれ》にびっくりするような掘り出し物を持って来るからな。いやあ、拾い物だった」

慶州は桐の箱を手で撫《な》でさすった。

「ですけど、長山さまは骨董市で掘り出し物が見つかったら、買い取るとおっしゃってくださったではありませんか」

いかにも惜しそうに久蔵は返した。

「そうであったのかのう」

とぼけるような顔で慶州は茶を啜った。

「天下の御老中さまですよ。高い値で買い取ってくださいますよ。ひょっとしたら、百両も出してくださるかもしれませんよ」

久蔵は興奮で頬《ほお》を火照《ほて》らせた。甚兵衛はどきりとした。老中、そうか、長山さまとは美濃恵那《みのえな》藩の藩主、老中長山能登守《のとのかみ》か。さすがは慶州だ。老中の屋敷に出入りしているとは。

「たしかに、わしが長山さまにこの茶碗をお目にかけ、百両と申せば、言い値で買い取ってくださるじゃろう。じゃが、まあ、そんなことは別によいではないか」

慶州はやんわりといなした。

「そうですかね」

久蔵はいかにも勿体《もったい》ないと言った顔だ。

金百両の値打ちもある茶碗があの市にあったとは。しかも豊年屋の小屋なら自分も覗いたのだ。やはり、ちゃんとした目利きが見れば思いもかけない逸品があるということか。

甚兵衛は今更ながら己《おのれ》の目利きのなさを呪《のろ》った。

「さあ、帰るぞ。冷えてまいった」

慶州は桐の箱を大事そうに久蔵に渡した。久蔵は名残惜しそうにため息を吐き紫の袱紗《ふくさ》に包んだ。慶州と久蔵が茶店を出て行くと、甚兵衛はなんとなく跡をつけ始めた。このまま家に帰ってもお光の小言が待っているだけだ。

まだ、陽はある。高名な目利きがどんな暮らしをしているのか、ふと眺めたくなったのだ。甚兵衛は北風に身を震わせ、どてらの襟《えり》を引き寄せた。


慶州と久蔵は門前町の横丁に入り、突き当たりの家に入って行った。間口三間の二階家である。生垣が巡り裏庭があった。甚兵衛は裏手に回った。母屋《おもや》と渡り廊下で繋《つな》がった離れ家があった。

思ったよりも地味な屋敷だ。桜や松が植えられているが、狭い庭である。生垣から離れ家は障子《しょうじ》が開いていれば、中を見通すことができるほどの距離であった。

甚兵衛は生垣の陰に潜んだ。

障子が風にかたかたと揺れ人影が映った。障子が開き、慶州が姿を現した。

「茶を持って来なさい」

慶州は渡り廊下から母屋に向かって声を放った。

「ただいま」

女中らしい女の声が返された。開けられた障子から文机《ふづくえ》が見え、机の上に桐の箱が乗っている。甚兵衛は思わず身を乗り出した。

(あそこに百両の茶碗がある)

そう思うと甚兵衛の胸は騒ぐ。

慶州は用事を言いつけると、書斎に入り障子を閉めた。

やがて、女中が茶を運んで来た。離れ家の中で、ぼそぼそと声がした。何を話しているのかよく聞き取れなかったが、来客のようだった。すぐに、慶州は女中と書斎から出て来た。

慶州は足早に渡り廊下を歩き、母屋に向かった。

(今だ。今なら)

甚兵衛の心の臓が早鐘のように打った。周囲に人気《ひとけ》はない。

百両の茶碗を今なら盗み出すことができる。

甚兵衛は裏庭に忍び入った。ついで、草履《ぞうり》を懐に入れると、そっと書斎に入った。

文机を見下ろす。

「これだ」

思わずつぶやくと木箱を取った。やけに軽い。空か。蓋《ふた》を開けると果たして中は空だった。すると、文机の上に茶碗がある。

しかし、茶碗は四つ並んでいた。みな井戸形茶碗の形をしている。

「どれだ」

百両の茶碗はどれだ……。

四

甚兵衛は呆然《ぼうぜん》と立ち尽くした。自分の目利きのなさがこれほど呪わしく思えたことはない。欲に目がくらんでいるからか、どれもが百両の茶碗に見える。おずおずと、一つを手に取ってみる。

愚図愚図してはいられない。運だ、運に賭けるしかない。

これだ、と思って懐に入れる。すると、別の茶碗に目がいってしまう。やっぱり、こっちだ。別の茶碗を手に取る。すると、今度はそれが百両に見えてくる。

「くそ」

甚兵衛は悪態を吐いた。と、慶州の足音がした。

駄目だ。

甚兵衛は裏庭に飛び出した。裏木戸を目指そうとしたが、間に合わない。やむなく松の木陰に身を潜ませた。

慶州は離れ家に入った。

甚兵衛はしばらく名残惜しそうに閉じられた障子を見ていたが、

「悪いことはできねえ」

自分に言い聞かせるようにつぶやくと、裏木戸に身体《からだ》を向けた。すると、地鳴りがした。すぐに、身体が揺れる。身体ばかりではない、庭の木々、母屋や離れ家も横に揺れ瓦が落ちてきた。

「罰《ばち》が当たったか」

甚兵衛は尻餅をついて両手で頭を覆った。廊下にあわただしく足音が聞こえた。やがて、慶州が出て来た。ふと、目をやると茶碗を持っている。

「お師匠さん」

久蔵がやって来た。幸いにも、大きく揺れながらも程なくして治まった。

「ああ、よかった。もう大丈夫じゃ」

慶州は大事そうに茶碗をさすった。薄い土色をした井戸形茶碗である。甚兵衛は地震が治まると、途端に欲望が胸に渦巻いた。

「いや、驚きました」

久蔵もほっと胸をひと撫でした。

「まこと、肝を冷やしたわ。これが割れなくて良かった」

慶州は茶碗に目をやった。それはまさに名器に愛情を注ぐ目利きの顔だった。

「他の茶碗は？」

久蔵は心配そうな顔になった。

「あいにく箪笥《たんす》と書棚が倒れてきてな。無事なのはこれだけだ。ま、これさえ無事であれば不足はない。あと、床の間の壺も大丈夫だ」

「それは、ようございました。あの青磁の壺は長山さまから拝領した逸品ですから」

久蔵はただちに、座敷を掃除しますと離れの中に入った。

（あれだ。あれに違いない）

甚兵衛は慶州が手にしている井戸形茶碗を目に焼き付けた。

（罰が当たったどころか、こりゃ、ついてるぞ）

甚兵衛は松の木陰でほくそ笑んだ。

それから、甚兵衛は辛抱強く夜を待った。六つ半（午後七時）を迎え、慶州は離れ家を出て廊下を母屋に向かって行く。

「よし、今度こそ」

甚兵衛は夜空を見上げた。雲の間に月が顔を覗かせている。長いこと庭に潜んでいたおかげで夜目が利く。甚兵衛は再び草履を懐に入れ、離れ家に上がった。

座敷の中がきれいに片付けられ、地震の名残はない。慶州は書き物をしていた。文机の横に燭台《しょくだい》が置かれ百目《ひゃくめ》蠟燭《ろうそく》の明かりが書状を照らしていた。書いている途中らしく、紙の半分ほどが空白だった。明かりのおかげで文机の上の茶碗はよく見えた。薄い土色の井戸形茶碗である。

「これだ」

まさしく慶州が大事そうに庭に持ち出してきた茶碗だった。いかにも値打ちがありそうだ。朝鮮伝来の逸品に間違いない。甚兵衛はもう迷うこともなく茶碗を手に取った。百両の茶碗と思うとずしりと心地よい重さだ。大事に着物の懐に仕舞った。

ふと横目に床の間に置いてある青磁の壺が映った。壺も値打ちがありそうだが、持ち帰るとなると人目につく。茶碗なら懐に入れられるのだ。

欲をかいては何も得られない。

だが、甚兵衛は百両に目がくらむあまり、背後に立った黒い影に気づかなかった。

「盗人め」

慶州の厳しい声が甚兵衛の耳を貫いた。甚兵衛は驚きと恐怖で飛び上がった。振り返ると憤怒《ふんぬ》の形相《ぎょうそう》の慶州が立っている。反射的に、床の間にあった壺を両手で摑み慶州の額《ひたい》に打ち付けた。額から血が飛び散った。慶州は仰向《あおむ》けに倒れ、そのまま動かなくなった。

甚兵衛は裏庭に飛び出し、裏木戸を突っ切った。


それから、どこをどう辿《たど》ったのか甚兵衛は覚えていない。どうにか、山本町にある自宅に戻った。横丁に面した三軒長屋の真ん中である。既《すで》に、大戸が閉じられている。甚兵衛は大戸を叩《たた》いた。

しばらくして、戸が開かれ、

「遅かったじゃない」

お光の不機嫌な顔がのそっと現れた。

「ああ、ちょっとな。骨董市で掘り出し物を見つけたんだ。で、仲間と祝いの一杯をやっていたんだよ」

日頃口下手な甚兵衛の口から、自分でも驚くほどに自然な嘘が飛び出した。

「ふん、なにが掘り出し物よ」

お光は鼻で笑った。甚兵衛は怒りが込み上げたが、口答えする気力は残されていない。

「飯はないからね。飲んできたからいいだろ」

お光はあくびを漏らした。

「ああ、いらねえ」

実際のところ、甚兵衛は食欲などまったく湧かない。

「じゃあ、先に寝るよ」

お光は階段を上った。甚兵衛は生返事を返すと、真っ暗な店の中でしばらくたたずんだ。やおら、懐から茶碗を取り出す。百両の茶碗だ。思わず頬ずりした。ざらりとした感触が頬に伝った。

「よし」

甚兵衛は喜びを嚙み締めた。

だが、慶州は……。

甚兵衛の脳裏に慶州の血に染まった顔が甦《よみがえ》った。人を殺してしまった。しばらく罪悪感にさいなまれた。それから、怖くなった。捕まったらどうなる？　決まっている。獄門間違いなしだ。

しかし、

「わかりっこないさ」

甚兵衛は誰にも見られなかったと自分を納得させた。誰にも見られていない以上、自分と慶州を結びつける物はないのだ。結びつきがない以上、下手人と疑われることはない。

「そうさ、おれは大谷慶州なんて偉い先生とは縁も所縁もないし、会ったこともないんだ」

甚兵衛は高まる不安を打ち消すように言った。

「寝ないのかい」

二階からお光の声がした。

「ああ」

甚兵衛は生返事を返す。

「ちゃんと心張棒《しんばりぼう》をかっておくれよ。どうせ、盗まれる物なんかないけどさ」

お光の馬鹿にしたような声がする。

「わかったよ」

今度は明瞭《めいりょう》な声音を返した。そうだ、せっかく慶州を殺してまで手に入れた百両の茶碗だ。盗まれては元も子もない。

五

その翌朝、菊之丞は寅蔵を伴い、慶州の屋敷にやって来ると離れの座敷に入った。既に、医師小幡草庵が待っている。

「仏は何者ですかね」

寅蔵が菊之丞に問いかける。

「茶人だってさ。大谷慶州といってな、中々有名なご仁らしいぞ」

淡々と菊之丞は答えた。

「茶人ですか……」

寅蔵は茶器のことが思い出され、わずかに顔をしかめた。

すると、

「いつまでも、気にするなよ」

菊之丞が寅蔵の肩を叩いた。

草庵が検死を始めた。

「こら、むげえや」

寅蔵は遺骸《いがい》を見下ろした。

慶州は部屋の真ん中で仰向けに倒れていた。目をかっと見開き額が石榴《ざくろ》のようにぱっくりと開いている。真っ青な顔とは対照的に赤黒い血の塊《かたまり》が刻印のようだ。

脇に青磁の壺が転がっている。血が付着していることからそれが凶器と思われた。

「草庵先生、死因はこの壺で殴られたことですかい」

寅蔵の問いに、

「そうじゃ」

草庵は当然とばかりに短く答えた。

「殺されたのは何時です」

菊之丞が聞いた。

「そうじゃな、昨日の暮れ六つ（午後六時）から宵《よい》五つ半（午後九時）といったところか」

「すると、地震があってしばらく後か」

寅蔵は視線を泳がせた。地震の後、きれいに片付けたと見え、六畳の座敷には文机、燭台、書棚、簞笥が整然と並べられていた。

「茶碗を盗まれたそうだぞ」

菊之丞が言った。

「そうですか、茶碗ねえ。さぞかし値打ちのある代物なんでしょうね」

寅蔵はつい皮肉混じりになってしまう。

「そうだろうねえ。その辺のことも含めて確かめてみるか」

菊之丞は母屋に向かった。


母屋の客間で菊之丞と寅蔵は久蔵と対した。久蔵は師匠の死、しかも、殺されたという衝撃に打ちひしがれ、呆然とうなだれている。

「ここに住んでいるのは、慶州とあんただけなのかい」

「はい。もう一人、通いの女中がおりますが、寝泊りしているのはわたくしだけです」

久蔵は気力を奮い立たせるように顔を上げた。だが、目は泳いでいる。

「慶州の身内は……」

菊之丞は久蔵の視線が定まるのを待ってから聞いた。

「以前は奥さまとお坊っちゃんがおられたのですが、五年前にお坊っちゃんを亡くされ、それから夫婦仲が悪くなられ、奥さまとは離縁なさいました」

「それは、それは……。では、昨日のことを聞かせてくれ」

菊之丞は問いを重ねた。

「昨日は不忍池の畔で開かれた骨董市に行ってまいりました」

骨董市と聞いて寅蔵はぴくりと身体を動かした。菊之丞はそんな寅蔵を横目にし、込みあげる笑いを嚙み殺した。寅蔵の骨董市での出来事など知るはずもなく、久蔵は市から自宅に戻ってからのことを話した。

「帰ってから間もなく、来客がございました」

「来客というのは」

菊之丞の問いかけに久蔵は口ごもっていたが、

「師匠殺しの下手人を挙げるためだ」

寅蔵に突っ込まれ久蔵はおずおずと話した。

「長山さまの藩邸で御納戸役《おなんどやく》をお務めになられる北村勘蔵《きたむらかんぞう》さまです」

「長山さまというと、ひょっとして御老中の長山さまですかい」

寅蔵は心持ち大きな声を出した。菊之丞も眉を上げた。

「さようにございます」

久蔵は北村来訪の訳を語った。北村は慶州が骨董市に行くと聞いて掘り出し物を見つけてきたのではないかと期待して、訪ねてきたということだった。

「北村さまは慶州に骨董市の成果を尋ねてきたんだな。で、慶州はなんと」

菊之丞は確かめた。

「目ぼしい物はなかったと」

久蔵の眉間に影が差した。それを菊之丞は見逃さなかった。

「どうした、なんだか、そうでもなさそうだねえ」

「ええ、実は」

久蔵は朝鮮渡来の井戸形茶碗を手に入れたが、慶州は売る気はなく北村には嘘をついたと言い添えた。

「ほう、井戸形茶碗か。まがい物をつかまされたんじゃねえだろうな」

寅蔵が言うと、

「おまえとは違うさ。大谷慶州といえば、有名な目利きだからねえ」

菊之丞に指摘され寅蔵は横を向いた。

「で、その茶碗、いかほどの値打ちがあるのかねえ」

菊之丞に確かめられ、

「長山さまなら百両で買い取ってくださるでしょう」

「百両！」

両目をかっと見開き寅蔵は声を上げた。

「へ〜え、百両の茶碗があの市にあったとは……こいつは驚き桃の木だ」

泡を食ったように寅蔵は驚きの言葉を並べた。

「その茶碗を慶州殿は売ろうとはしなかったのだね」

菊之丞は念を押した。

「ええ、そうなんです」

「何でだい」

堪《たま》らず寅蔵は身を乗り出した。

「お師匠さんは、金のために骨董品を集めておるのではない、と常日頃からおっしゃっておられました。特に気に入った物は売る気はないと」

という久蔵の説明を聞き、

「茶人の心意気か」

わかったような顔で寅蔵はうなずいた。

「で、それから慶州殿は離れ家に戻ったのだね」

菊之丞に確かめられ、

「はい、それから、ご存知のように地震がありまして、わたくしは離れ家に駆けつけました。箪笥や書棚が倒れておりましたので、片付けました。なんと、その茶碗も割れてしまったのです。それから、お師匠さんは書見や書き物があるとそのまま座敷に残られ、わたくしは母屋に戻りました」

「そいつは勿体ねえ。地震ってのは罪作りだ。ねえ、菊之丞の旦那」

寅蔵は同意を求めたが菊之丞は無視し、

「あんたが離れを去ってから、盗人が入って来た……すると、盗まれたのは」

「はい、茶碗を一つ」

「でも、百両の茶碗は割れたんだろ」

寅蔵が横から口を挟《はさ》んだ。

「いえ、それが、盗まれたのは井戸形の茶碗なんですが、ごく普通の瀬戸物の湯飲み茶碗なんです」

久蔵は首をひねった。寅蔵と菊之丞も首をひねった。

六

「普通って言うと、なんか変わったところはねえのかい」

寅蔵が聞いた。

「そうですね、茶碗の底に川という文字が記されているのが変わっていると言えばちょいと珍しいところですが、あとはどこにでもある湯飲み茶碗ですよ」

「下手人は普通の湯飲み茶碗を盗むために慶州を殺したのか」

菊之丞が畳み込むと、

「さあ……」

久蔵は戸惑うばかりである。

「慶州が、百両の値打ちのある茶碗を手に入れたことを知っている者はいないのか」

菊之丞が聞いた。

「たぶん、いないと思います」

思案を巡らしてから久蔵は答えた。

「よおく、思い出してくれよ」

菊之丞は念を押す。久蔵は心当たりがないと返すばかりだ。

「骨董市のどこの小屋で買ったんだい」

寅蔵が問うと、

「神田三河町の道具屋豊年屋の伊助という人からです。お師匠さんとは顔見知り程度ですが、お付き合いのある方です」

途端に寅蔵はいきり立った。

「伊助か。そいつはまがい物かもしれねぞ。何を隠そうあっしだって、利休所縁の茶碗なんてとんだまがい物をつかまされたんだからな」

「お師匠さんの目はごまかせません」

大きく手を横に振り、久蔵は否定した。

「そうだよ。おまえとは違うのだ」

菊之丞はくすりと笑った。

「そりゃ、あっしは素人《しろうと》ですからね」

不貞腐れたように返しながらも、寅蔵は納得がいかないとばかりに首をひねる。

「あの小屋にあったのは、大半が我楽多同然の瀬戸物でしたが、その我楽多の山から掘り出し物を目利きするのがお師匠さんなのです」

熱を込め、久蔵は言い立てた。

「なるほどね。でも、伊助の奴、自分が売ったのがそんな値打ちのある物とはわかっていたのかな。ねえ、旦那」

伊助への遺恨を寅蔵は剝《む》き出しにした。

「わかっていたら、自分でどこかのお大名や大店の主人に買ってもらうだろうねえ」

菊之丞は寅蔵を見返した。

「そうでしょうね。ふん、伊助の奴、ざまあねえや」

寅蔵は溜飲を下げたようだ。

「すると、盗人は百両の茶碗を盗みに入ったのではない、ということか」

菊之丞は小首をかしげた。

「でも、あの書斎には他に値打ちがありそうな代物がありましたぜ」

寅蔵が言うと、

「ああ、掛け軸とか青磁の壺とか、瀬戸物の茶碗なんかよりもはるかに値打ちがありそうだったねえ。それらは奪わず、下手人は何でもない茶碗を盗んでいった……その茶碗、下手人には盗み取るだけの値打ちがあったということか……」

わからない、と菊之丞は小さくため息を吐いた。

「旦那、まずは、長山さまの御納戸役に会いますか」

寅蔵の勧めを、

「そうだな、それと、伊助にもな」

菊之丞は受け入れた。

「じゃあ、旦那は御納戸役の方にあたってくださいよ。あっしは、伊助の奴をとっちめに行ってきます、あ、いや、聞き込みをしてきますから」

寅蔵は腕まくりをした。

伊助は慶州に売った茶碗は百両の値打ちがあると知り、売ったことが惜しくなった。それで、買い戻そうとやって来た。慶州に拒絶された。それで、慶州を……。

寅蔵はいつもと違って自分の推理に自信は持てなかったが、伊助を当たる値打ちはあると確信した。

甚兵衛は手に入れた茶碗を撫でながらほくそ笑んだ。

「ちょいと、なに、ニヤついているの」

お光の罵声が背中でした。

「これ、昨日の骨董市で仕入れてきたんだ。すごい茶碗だぞ」

「どれ、見せてごらんよ」

「大事に扱えよ」

甚兵衛は自慢げに薄い土色の茶碗を差し出した。お光は無造作に受け取ると、

「この茶碗が……。大した値打ち物には見えないけどね」

眉間に皺《しわ》を寄せて見た。

「おまえにはわからないんだよ」

甚兵衛は心外だとばかりに口をとがらせた。

「そうかね、またまがい物を摑まされたんじゃないの」

お光はからかうように笑った。

「そう思いたきゃ、思え。信じないだろうが大金が転がり込んでくるんだよ」

甚兵衛はお光の手から茶碗を取り戻すと、「はあ〜」と息を吹きかけ、前掛けで何度も拭いた。

「ちゃんと売っておくれよ」

お光は厳しい声を浴びせたが、甚兵衛は気持ちをかき乱すこともなく生返事を返す

に留め、茶碗を見ながら再びニヤついた。

「まったく、薄気味悪いったらないんだから」

お光は顔をしかめ、はたきで縁台に並べられた古道具のほこりを払った。甚兵衛は
お光の背中を眺めながら、

(さて、このお宝、どこに売りに行くか)

ぼんやりと考えた。

「いらっしゃいまし」

お光が往来を見ると、侍が何人か店先を冷やかしている。掛け軸やら茶釜やら壺や
らを手に取っていた。

「ちょいと、おまえさん、お客だよ。早く相手になりなさいよ」

お光に尻を叩かれ侍に向かったが、時既に遅く去ってしまった。

「まったく、おまえさんたら、本当に愚図なんだから」

お光に罵《ののし》られたが、甚兵衛は一向に気にする素振りも見せず、

「ちょっと、出かけてくる」

「どこへ行くのさ」

「ちょっとだ」

甚兵衛は聞き流して表に出た。

さてと、どこへ行ったらいいのか。取り敢《あ》えず、物知りと評判の裏のご隠居の所にでも行ってみるか。ご隠居ならいい知恵を持っているかもしれない。

甚兵衛は懐の茶碗を大事そうに撫でながら、鼻歌を口ずさんだ。

七

寅蔵は神田三河町の道具屋豊年屋にやって来た。店先には大きな縁台が置かれ、そこには大量の茶碗が置いてある。骨董市にあった品々と同じだ。

ところが、

「なんだと、ふざけやがって」

寅蔵が憤慨したように縁台の横には、

――どれでも十文――

と、大きく立て看板が立っていた。

寅蔵はこみ上がる怒りを飲み込んで店に足を踏み入れた。

「ごめんよ。伊助さんに会いたいんだが」

寅蔵は小僧を捕まえた。小僧が奥を見やると、伊助がいる。伊助は寅蔵に気がつくと、

「おや、これは、これは」

昨日と変わらない笑顔を送ってきた。その面《つら》の皮の厚さに寅蔵は呆《あき》れながらも、

「おう、昨日はよくもまがい物を摑ませてくれたな」

事件探索の聞き込みを忘れ、つい昨日の恨み言をぶつけてしまった。

「なにをおっしゃいます」

伊助は心外だとばかりに大きくかぶりを振ると、寅蔵の方に歩いて来た。

「だって、これはどういうことなんだ」

寅蔵は表に出て看板と縁台を指差した。

「これは、在庫の一斉処分につきまして、大安売りをしているのですが」

伊助は悪びれることもなく返してくる。

「ふざけるな。おれは昨日の骨董市で、全部で一両二分を払ったんだぞ」

寅蔵は伊助のすました顔を見ると、無性に腹が立った。

「そんなこと、おっしゃられましても。これらは、一昨日あなたさまにお売りした茶碗とは値打ちが違う我楽多の類《たぐい》でございます」

伊助はあくまで真顔である。

「どこが違うんだよ」

寅蔵は縁台に置いてある茶碗を一つ取り上げた。

「全く違いますな」

しれっと伊助は返した。

「だから、どこが違うんだ。おんなじ瀬戸物じゃねえか」

ついかっとなって、寅蔵は伊助の鼻先に茶碗を突き出した。

「たしかに、同じ瀬戸物です」

動じることなく伊助は返す。

「みろ、おんなじなんじゃねえか」

寅蔵はいきり立った。

「まあ、落ち着いてください。わたくしが申し上げたいのは、あなたさまがお買い上げになられた茶碗は、同じ瀬戸物でも千利休が使ったという伝承があるということなのです。それが値打ちを高めているのでございます」

「ほう、じゃ聞くがな、あの茶碗を本当に利休が使っていた証《あかし》があるのかい」

「ございません」

伊助はけろりとしている。そのあまりに堂々とした態度に、寅蔵は危うく飲み込まれそうになりながらも、

「じゃあ、値打ちもねえじゃねえか」

「しかし、使わなかったという証もないのです」

「そらそうだが、そら、屁理屈《へりくつ》ってもんだろ」

「なんとおっしゃいましょうとも、あなたさまはわたくしの言葉をお信じになられ、お買い上げになられたのです。これは、正当な商いでございます」

伊助の落ち着いた物言いに寅蔵は言葉を失った。伊助はにこりとし、

「どうしても引き取れとおっしゃるのですか。では、御奉行所に訴えてください。手前は逃げも隠れも致しません」

「ええ、まあ、そら」

寅蔵は茶碗を壊してしまったことを思い出した。

「いや、いいよ。せっかく買ったんだ。今更、引き取らせようなんて思ってないよ。おいらも江戸っ子だ」

「おわかり頂いたようで……では」

話が済んだと思ったのか伊助はくるりと背中を向けた。

ここで寅蔵は本来の用向きを思い出した。伊助を引き留め、

「実はな、こっちの用なんだ」

寅蔵は腰の十手《じって》を抜いた。伊助はさすがに驚きの表情を浮かべ、

「これは、お見それしました。十手持ちの親分さんでしたか。まさか、わたくしをお縄にしようとおっしゃるので。いけませんよ。さっきも申しましたように、わたくしどもはまっとうな商いをしたのですからね」

早口に捲《まく》し立てた。

寅蔵はそのあわてぶりにほんの少し溜飲を下げ、

「違うよ。ちょいと聞きたいことがあるんだ。おおっと、おらあ、薬研堀の岡っ引で寅蔵ってもんだ」

「ほう、寅蔵親分さん、まあ、立ち話もなんですから」

伊助は寅蔵を伴い、店の奥の客間に入った。

「骨董市で、朝鮮渡来の井戸形茶碗を買っていった客がいたはずだ」

寅蔵が切り出すと伊助はたちどころに、

「はい、いらっしゃいました。有名な目利き、茶人の大谷慶州先生です」

「なんだ、知ってたのか」

「ええ、それはもう。有名なお方ですからね」

「その慶州なんだが、昨晩、殺されたんだよ」

「ええっ、まことでございますか」

さすがに伊助は顔色を変えた。

「で、あっしゃ、慶州殺しを追っているってわけだ」

「そうでしたか……」

伊助はうなずいた。

「茶碗、いくらで売ったんだ」

「はあ、十両でございます」

「十両なあ」

寅蔵はそれが高いのか安いのか、適正なのかはわからなかったが、久蔵から老中が百両で買い取ると聞いてしまったため、慶州は安い買い物をしたと解釈した。

「はっきり言って、あっしには茶碗の値打ちはわからねえ。でもな、あの茶碗を百両で買うというお大名がいらっしゃるそうだ」

伊助は百両と聞いても驚きもしない。それどころか、当然といった顔で、

「そうでしょうな」

「ほう、驚かねえのか」

「はい」

「なら、なんでもっと高い値で売らなかったんだ。相手が大谷慶州じゃ、どこかの岡っ引と違ってごまかしは利かないと思ったのかい」

伊助は寅蔵の皮肉にも表情を変えず、

「いいえ。あれは十両でお売りするのが相場でした。百両の値がついたのは大谷慶州先生が目利きしたからこそです。わたくしがそのお大名にお売りしても、二十両が関の山でございましょう」

「するってえと、百両ってのは慶州の看板料ってことか」

「そういうことで」

ぺこりと頭を下げ、伊助は答えた。

寅蔵は考えた。

伊助は慶州に茶碗を一旦は十両で売ったものの、百両の値で売れることを知り、取り返そうと思って慶州宅に押し入り、慶州を殺した。ところが、夜とあって闇の中、間違えて値打ちのない茶碗を持ち帰った。

だが、この推理は伊助の言う通りとすると間違いだということになる。

二十両の茶碗を取り戻すために慶州の屋敷に盗みに入ることはないだろう。

「そうか、邪魔したな」

寅蔵が腰を上げると、

「これ」

伊助は一両を差し出した。寅蔵が十手持ちとわかり、返すということだろう。

「いらねえよ」

「でも……」

「いらねえったら、いらねえんだ。江戸っ子が一旦、財布から出した金だぜ」

寅蔵は啖呵《たんか》を切った。

せめてもの意地である。

八

甚兵衛は日本橋室町《むろまち》の両替商船橋屋《ふなばしや》にやって来た。この店の主、峰次郎《みねじろう》が大変な骨董好きと裏のご隠居に聞いたのだ。甚兵衛は暖簾《のれん》を潜ると、小僧に峰次郎への取次ぎを頼んだ。

見ず知らずの道具屋が大店の主人にいきなり会うことなどできようものかと危ぶんだが、掘り出し物の井戸形茶碗があると用件を伝えるとすんなりと客間に通された。

「これは、わざわざよく来てくださいましたね」

峰次郎は血色の良い男だった。その好奇に満ち溢れた目は、甚兵衛が持参した茶碗への関心の高さをありありと示していた。

「すんません。あっしのような名もない道具屋が何のお約束もなく」

甚兵衛は頭を下げた。が、峰次郎は挨拶もそこそこにもどかしげに、

「いや、そんなことは気になさんな。それより」

催促するように身を乗り出した。

「では、早速《さっそく》」

甚兵衛は紫の袱紗《ふくさ》包みを懐から取り出した。峰次郎がごくりと唾を飲み込むのがわかった。

「これです」

甚兵衛は袱紗包みを広げた。薄い土色の茶碗が現れた。

「ほう、これが」

峰次郎は軽く頭を下げると、茶碗を手に取った。左の掌《てのひら》の上に置き、右手でくる

くると回し、じっと目を凝らす。と、見る見る内に目の輝きが失われていく。

そして、

「なんだ、期待を持たせて」

失望に沈んだ声を出すと、茶碗を袱紗の上に置いた。甚兵衛は戸惑いを覚えた。

「あの、これは、大そうな値打ちがあるのですがね。朝鮮渡来の逸品です」

「ふん、なにを言ってるんだい」

失望を通り越して峰次郎は怒りの形相になっている。

「かの大谷慶州先生が目利きなさったのですから、間違いありません。百両の値打ちがあるとおっしゃったんですよ」

甚兵衛は必死に訴えた。

「おまえさんね、嘘も大概にしなさいよ」

「嘘じゃござんせよ」

「馬鹿を言ってはだめだ。これはね、ただの瀬戸物の茶碗だ。夜店で売ってるのに毛が生えたような物だよ。せいぜい、五十文がいいところだ。大谷先生が百両なんて値をおつけになるはずはありませんよ。それとも、大谷先生が目利きをされた切紙《きりがみ》でもあるのかい！」

真っ赤になって峰次郎は憤慨《ふんがい》した。

「いいえ、それは……」

しどろもどろとなり、甚兵衛はうつむいた。

「大方、わたしが骨董好きってことをどっかで聞いて、一つ騙してやろうって魂胆でやって来たんだろ。どっこい、わたしだってね、伊達《だて》に二十年も骨董品を集めていないんだ。こんな我楽多、売りつけられやしないよ」

峰次郎は憤然と立ち上がった。

「もう一度、御覧ください」

声を震わせながら甚兵衛は峰次郎を見上げた。

「一度見ればたくさんだ」

峰次郎は席を払おうとした。

「待ってください」

甚兵衛がすがると、

「しつこい。帰らないんなら番屋に突き出すよ」

厳しい言葉を浴びせ峰次郎は客間から出て行った。

「そんな馬鹿な」

甚兵衛はそうつぶやくと、よろめくようにして立ち上がった。

（そんな馬鹿な）

間違いない。地震の時、慶州はこの茶碗を大事そうに持って庭に飛び出して来たのだ。

「おれは、五十文のために慶州を殺したのか」

甚兵衛の胸に言いようのない不安と、慶州殺しに対する恐怖心が広がった。

菊之丞は寅蔵と江戸富士で飲んでいた。自分の推理も外れたとあって寅蔵は浮かない顔である。

「長山さまの御納戸役さまはどうでした」

寅蔵は菊之丞に徳利を向けた。

「驚いておられたよ」

御納戸役は慶州が殺されたことと、慶州が骨董市でそんな掘り出し物を見つけ出したことに驚いていた、と菊之丞は言った。

「嘘はついていないな。黙って座ればぴたりと当たる、水野南北先生直伝の観相に悪相は表れていなかった」

「そうでしょうね。慶州殺しとの関わりはねえでしょ」

「そういうことだ」

「とすると、なんだって下手人は慶州を殺し、値打ちのない茶碗を盗んでいったのかってことになりますね」

寅蔵は目に光を帯びさせた。

「下手人の奴、盗み取った茶碗を朝鮮渡来の茶碗と間違えたのだろう。案外、そんな単純な理由なのかもな」

菊之丞は冷めた口調で考えを述べ立てた。

寅蔵は不満そうな顔で反論に出た。

「いや、それは、どうでしょうね。下手人はあの屋敷を大谷慶州の家と知って忍び込んだ。つまり、狙《ねら》いをつけていたわけです。狙っていたのは慶州の命じゃない。茶碗ですよ。そこまで狙いをつけたからには、茶碗を間違えるはずありませんよ」

「何度も言うぞ。久蔵はごくありふれた湯飲み茶碗と言っていたじゃないか」

菊之丞は猪口《ちょこ》をあおった。

「そうです。ですから、盗まれた茶碗には……」

寅蔵は沈黙した。

腑《ふ》に落ちないようだ。

菊之丞はにやりとし、

「一つ考えられることはある」

と、勿体をつけるように言った。

寅蔵は期待で目を輝かせ、

「観相に何か表れましたか」

と、身を乗り出す。

こほんと空咳を一つしてから菊之丞は考えを披露した。

「下手人が盗んだ茶碗にはとてつもない財宝の隠し場所が記されていた……ほれ、久蔵が言っていたな。茶碗の底には川という文字が記されている、と。それは、財宝の隠し場所を示す印なのだよ」

「なるほど、それは一理ありますね。きっと、とてつもない財宝ですよ。だから、下手人はそれを狙って盗み取ろうとした。ところが、慶州に見つかったんでやむなく殺した。座敷には値打ちがありそうな青磁の壺があったのに、わざわざごくありふれた茶碗を盗んだのは、こう考えれば辻褄《つじつま》がぴったり合いますね」

語る内に寅蔵は菊之丞の考えに納得した。

菊之丞は猪口を持て余すようにくるくると回した。

「こら、慶州の交友関係を洗う必要がありますね」

寅蔵は言った。

「それは必要かもしれないがねえ……」

意外にも菊之丞は乗り気ではない。

実は、菊之丞はひょっとして恨みによる殺しではないかとも考えている。その方が財宝などよりもよほど現実的だ。狙ったのは茶碗ではなく慶州の命ではなかったのか。となると、慶州に恨みを抱く者を探す上でも、交友関係を洗い出すのは必要である。

「じゃあ、交友関係を洗いますか」

「そうしよう」

自分の真意は明かさず菊之丞は承知した。

「よし、これで慶州殺しは落着へと一直線ですよ」

「おまえは、財宝の線も探るのか」

菊之丞は半ばからかうように聞いた。

「もちろんですよ」

「そうか。で、どうやって探索するつもりだ。雲を摑むようなものだろうが」

「そうですよね……菊之丞さま、観相で財宝の在《あ》り処《か》がわかりませんかね」

寅蔵は真顔で頼んだ。

「こればかりは、黙って座れば、ぴたりと当たる、というわけにはいかないな。観相の手がかりがあまりに少ない。となると、下手人を炙《あぶ》り出してやるしかないな……たとえば瓦版屋にな」

誰も聞いている者などいないが、菊之丞は声を潜め、寅蔵に顔を近づけるよう促《うなが》した。寅蔵は怪訝《けげん》な顔をしながらも菊之丞に耳を貸した。

菊之丞は策を語った。

翌々日、甚兵衛は相変わらず、ぼうっとした顔で店番をしている。いや、虚脱感が伴ったその表情は、いつもにも増して生気が抜け去っていた。

「ちょいと、あんた」

お光の小言が始まった。

「ああ」

甚兵衛は仕方なく生返事を返す。

「ああ、じゃないよ。ちょっとは働いておくれよ」

「働いているよ」

「どこがだい」

「こうやって店番をしているじゃないか」

「なに言ってるんだい。ただ、ぼうっと日向《ひなた》ぼっこしているだけじゃないか」

お光は呆れたように鼻で笑った。

「そんなことはないよ」

「大体どうしたのさ。掘り出し物を見つけたんだろ。大金が転がり込むんじゃなかったのかい」

お光はからかった。

甚兵衛は気になっていることを持ち出され、むっとした顔になった。

「とにかく、しっかりしておくれね」

お光は言うと奥に引っ込んだ。

まったく、どうしたというのだ。慶州は、値打ちもない茶碗を老中に売ろうとしたのか。甚兵衛は懐から茶碗を取り出した。あれから、何軒かの好事家《こうずか》を訪ね、茶碗を見せた。どの好事家も二束三文の茶碗としか評価しなかった。

甚兵衛は茶碗のことが脳裏を離れず、大きな虚脱感に襲われているのだ。すると、今度は慶州を殺した恐怖心が湧いてくる。

慶州を殺してしまったという恐怖、自分が捕まるのではないかという恐怖だ。

（大丈夫だ。自分と慶州を結びつける物はない）

甚兵衛は自分を納得させるため何度も大丈夫だと繰り返した。しかし、繰り返せば繰り返すほど不安が胸をつく。

「ここにいてもしょうがないか」

甚兵衛は骨董市を訪ねることにした。そして、この茶碗をちゃんとした目利きに見てもらう。あの慶州が選び出した茶碗なのだ。きっと、玄人《くろうと》が見れば値打ちがわかるに違いないのだ。

そう思うことで、甚兵衛はわずかだが心を軽くした。

甚兵衛が永代寺に足を向けると瓦版が売られていた。瓦版屋は大声で大谷慶州殺しを叫んでいる。甚兵衛はぎくりとして立ち止まった。反射的に瓦版を買い求めた。むさぼるように読み上げる。

「ええ！」

思わず声を上げ、あわてて周りを見回す。誰も甚兵衛に関心を向けてくる者はいない。瓦版には慶州が殺されたのは、財宝の在り処を示す目印が捺《お》された茶碗を奪うことが目的だったと書き記されていたのだ。

甚兵衛は懐から茶碗を取り出しそっと見た。茶碗の底に、「川」と記されている。盗んだ時は気にならなかったが、財宝の在り処を示す目印とすれば、そう思えないこともない。瓦版には、財宝の在り処はこの茶碗だけではわからず、もう一つ別の茶碗を見つけ出す必要があると記されていた。

そして、その茶碗はまだ慶州の屋敷にあるということだ。慶州はさる大名の依頼でその茶碗を探していたという。

「そうか、それだったのか」

甚兵衛は納得した。さる大名とは老中長山能登守に違いない。そして、慶州は財宝の在り処を示す茶碗を見つけ出した。しかし、百両出すと言っても売る気はなかった。もっと、値が吊り上がるのを待っていたのだ。

どうしよう。そんな大それた物を盗んでしまったとは。捨てようか。いや、待て、瓦版に書いてあることは本当だろうか。瓦版というものは、えてしていい加減な噂《うわさ》話《ばなし》を大げさに書き立てるものだ。

ともかく、慶州の屋敷の様子を窺《うかが》ってみよう。

甚兵衛は慶州の屋敷に足を向けた。

菊之丞は寅蔵と共に慶州の屋敷にやって来た。離れ座敷の障子を閉め、息を殺した。慶州の流した血が付いた畳は取替えられ、真新しい畳の香りがする。部屋の中は慶州が生きていた頃と変わらないように、きちんと整頓《せいとん》されていた。

「いいか、餌は撒《ま》いた」

菊之丞は瓦版を寅蔵に示した。

「これで、引っかかるってもんですよ」

寅蔵も期待を抱きながら身構えている。

「お宝に目がくらんだ野郎さ。気になって仕方がないだろう」

菊之丞の言葉に寅蔵もうなずいたが、じき不安に襲われたようで、

「菊之丞さま、下手人が瓦版を読んでなかったらどうするんです」

「だから、読むまで流し続け、ここで張っているさ」

けろりと菊之丞は返した。

寅蔵は肩をそびやかし、

「読んでいることを願いますよ」

と、ぼやくように言った。

ふと菊之丞は文机を見た。

文が乗っている。書きかけなのか途中で文章が途切れている。何気なく文章を追うと、女に宛てたものだ。

「そう言えば、慶州には離縁した女房がいたんだったねえ。ちょっと、久蔵を呼んで来ておくれよ」

菊之丞に言われ寅蔵は腰を上げた。

文には金五両を送るとある。別れた女房の他に女がいるということか。

やがて、廊下を足音が近づき寅蔵が久蔵を伴って戻って来た。

「ああ、すまねえな」

寅蔵は文を見せた。

「ああ、この方はその」

久蔵は口ごもった。

「どうした」

その秘密めいた態度が寅蔵の疑念に火をつけた。

「あの、離縁なさった奥さまです」

「離縁した女房になんだって金なんか送るんだい」

「ええ、ですから、その、亡くなったお坊っちゃんの供養を奥さまにお願いしていらっしゃったのです」

意外なことを久蔵は打ち明けた。

「ふ〜ん」

寅蔵は興味を失くし、久蔵に座敷から出て行くよう促した。

「あの、このことはご内聞に」

久蔵が言うと、

「わかったよ」

寅蔵が言うと、久蔵は部屋から出て行った。

すると菊之丞が、

「あの男、さっきから、うろうろして、こっちをちらちら見ているぞ」

菊之丞に促され寅蔵はわずかに障子を開け、隙間《すきま》をのぞいた。

のっそりした冴えない男がうろうろしている。菊之丞と寅蔵は知る由もないが甚兵衛である。

「あんなぼうっとした男が財宝を狙っているのですかね」

寅蔵は納得がいかないようだ。

財宝を狙っているのは一人とは思えない。きっと、盗賊団だろう。すると、あの男の跡をつけて一味の巣窟《そうくつ》を確かめるか。それとも、この場で捕縛して口を割らせるか、と菊之丞は思った。

「よし、とっ捕まえろ」

菊之丞は障子を開け放った。

寅蔵が飛び出した。甚兵衛は突然現れた男に驚愕《きょうがく》した。

ひょっとして財宝を狙っている盗賊一味か。

甚兵衛は踵《きびす》を返したが、

「この野郎！」

寅蔵は甚兵衛に飛び掛かった。

菊之丞が背後に立ち塞《ふさ》がる。

「お許しください」

甚兵衛は悲鳴を上げた。

「堪忍しろ」

寅蔵は甚兵衛を組み伏せた。裏庭での騒ぎに、久蔵が現れた。

「どうしました」

心配そうな顔を向けてくる。

「盗人だ」

寅蔵は甚兵衛を引き立てた。すると、懐から茶碗が零《こぼ》れ落ちた。

「おおっと、この茶碗」

菊之丞が拾い上げた。

「それは……」

久蔵が裸足《はだし》のまま裏庭に降りて来た。

「どうだ、盗まれた茶碗じゃないかい。底に川って字が記されているよ」

菊之丞は久蔵に見せた。

「間違いありません」

久蔵は力強くうなずいた。

それを見て、

「おう、慶州殺しの罪で番屋にしょっぴくぜ」

寅蔵が怒鳴りつけると甚兵衛はがっくりとうなだれた。

その日の晩、菊之丞は江戸富士にやって来た。寅蔵は二階で寝ていたが、菊之丞の来訪を聞き、店に下りてきた。

「なんだ、冴えない顔で」

菊之丞に言われ寅蔵は苦笑を浮かべるだけだ。

「よし、今晩はわたしのおごりだよ。好きなだけ飲め、食えよ」

菊之丞は上機嫌に台所に声を放った。お仙が笑顔で応じる。

すぐに徳利と料理が並び、

「さあ、飲もう」

菊之丞が徳利を持ち上げた。寅蔵は浮かない顔のまま応じる。

「おい、手柄を立てたんだ。なんだ、そんな陰気な顔で。そんな暗い顔じゃあ、運が逃げるよ」

「ええ、そうなんですがね」

「見事、大谷慶州殺しの下手人、甚兵衛をお縄にしたじゃないか、薬研堀の親分さん」

繰り返し、喜べ、と菊之丞は勧めた。

それでも、

「ええ、それはいいんですがね」

と、冴えない顔のままだ。

「ははあ、はげ寅、おまえさん、自分の推量が外れたんでがっかりしているんだろう。気にしなさんな。何も今回に限ったことじゃないんだから。いつものことじゃないか」

例によって菊之丞は慰《なぐ》めとけなしを交えて語りかけた。

「いい線だと思ったのにな」

悔しさを滲《にじ》ませながら寅蔵はぼやいた。

寅蔵はあれから甚兵衛を南茅場町《みなみかやばちょう》の大番屋にしょっ引き、盗賊一団の巣窟を白状させようとした。だが、甚兵衛は目を白黒させるばかりだった。自分は盗賊などと一切関係ない。深川山本町のけちな道具屋に過ぎないと繰り返した。

盗賊との関わりはきっぱりと否定した甚兵衛だったが、慶州殺しについては白状した。

「甚兵衛は最後まで、盗んだ茶碗は慶州が伊助から買った朝鮮渡来の井戸形茶碗だと信じていたんですね。だから盗もうとして殺してしまった」

寅蔵が言うと、

「悪いことはできないってことですよ」

お仙が話に加わった。

寅蔵が甚兵衛を捕縛した功で奉行所から報奨金十両が下賜《かし》され、すっかり機嫌が良い。

「甚兵衛の奴、自分が盗んだ茶碗がただの湯飲み茶碗と知って、心底驚いていたなあ」

甚兵衛は自分が盗んだ茶碗こそ値打ち物と思っていた。ところが、値打ちのない茶碗であることがわかった。どうして、そんな代物を慶州は後生大事に持ち出して来たのか。甚兵衛はわからなかった。

「まったく、甚兵衛の奴、不思議そうな顔してましたね」

ようやく寅蔵は猪口に口につけた。

「おまえさんもじゃないか」

菊之丞がからかうように言った。

「勘弁してくださいよ」

寅蔵は頭を掻いた。

久蔵の証言で茶碗の謎が解けた。

あの茶碗は慶州の死んだ一人息子が焼いた茶碗だったのだ。息子は今戸《いまど》の窯場《かまば》に勤めていた。慶州のために茶碗を焼いた翌日、窯場が火事になって命を落としたのだ。慶州にとっては、どんなに値打ちのある高価な茶碗よりも大事な、何物にも代えがたい息子の遺品だった。

息子は茶碗の底に、自分の名前である川太郎《かわたろう》の一文字、川の字を記したのだった。

「とんだ財宝の在り処だったねえ」

菊之丞が言うとお仙が声を放って笑った。寅蔵はさすがに言葉を返せず、頬を赤らめうつむいた。

「ま、見当外れの推量だったけど、おまえさんのおかげで慶州殺しの下手人を捕らえることができたんだ。何度も言うがお手柄だったよ」

菊之丞は徳利を向けた。

「ま、そうですがね」

寅蔵は頭を掻きながら猪口を差し出す。

「そうさ、ともかく落着したんだ。それを以《もっ》て良しとするがいいさ」

寅蔵に語りかけながら菊之丞は自分にも言い聞かせていた。

財宝はともかく、実は菊之丞は慶州への恨みの線を考えていた。それは見事に外れた。だから寅蔵を笑えないのだ。

黙って座れば、ぴたりと当たる……。

「菊之丞はん、まだまだ修業が足らんがな」

心の中で師、水野南北の声が響き渡った。

寅蔵は元気づけられ、笑みを広げている。

お仙が鯛《たい》の塩焼きを乗せた大皿を運んで来た。菊之丞も感嘆した目の下三尺の大鯛である。

「さあ、どうだい。おまいさん、いつまでもくよくよしてないで、ぱあっとおやりな。ねえ、菊之丞の旦那」

お仙の言葉に菊之丞は、「そうだ」と応じ、寅蔵は猪口をぐいっと呷《あお》った。

菊之丞は格子窓から覗く月を見上げた。

歌舞伎役者が悪役を演ずる際にする化粧はかくや、という悪党面に悪戯小僧のような無邪気な笑みが浮かんでいる。

夜空にくっきりと浮かぶ半月も、寅蔵のお手柄を祝っているようだった。

解説

細谷正充

文庫書き下ろし時代小説ブームが起こったとき、次々と新しい書き手が登場した。あの当時は、ジャンルそのものがお祭り状態であり、誰も彼もが元気に作品を発表していた。しかし楽しい時間も、いつかは終わる。もちろん現在でも、毎月、多数の文庫書き下ろし時代小説が出版されているが、ブームは落ち着いたといっていいだろう。そして次々と現れた書き手たちも、少なくない人数が消えてしまった。逆にいえば、今でも旺盛な執筆活動をしている作家こそが、激動の時代を生き抜いた、本物のプロだったのである。そのひとりが、早見俊だ。

早見俊は、一九六一年、岐阜県岐阜市に生れた。法政大学経済学部卒。会社員生活の傍《かたわ》ら、時代小説の執筆に意欲を燃やし、二〇〇六年一月、大坂を舞台に、内与力から奉行所与力になった主人公の活躍を描いた『びーどろの宴 —淀屋闕所始末記—』を上梓《じょうし》する。同年十一月、学研M文庫から、はみだし与力を主人公にした『菊一輪』

を刊行すると、怒濤《どとう》の勢いで文庫書き下ろし時代小説を刊行。多数のシリーズ物を抱えて、現在に至っている。また、『常世の勇者 信長の十一日間』『うつけ世に立つ 岐阜信長譜』『魔王の黒幕 信長と光秀』など、歴史小説にも取り組んでいるのである。

そんな作者が、文庫書き下ろし時代小説の新シリーズを開始した。本書『観相同心 早瀬菊之丞』だ。主人公の早瀬菊之丞は、三十の若さで亡くなった兄の跡を継ぎ、南町奉行所定町廻り同心になった男である。それまでは、大坂の有名な観相師・水野南北の直弟子をしていたという、異色の経歴の持ち主である。力士のような体型で、見る者を威圧する悪党面。誰に対しても、ズケズケと物をいう。亡き兄に仕えていた十手持ち、薬研の寅蔵のことを、いきなり「はげ寅」と呼ぶほどだ。とはいえふたりの相性は、意外といいようである。また、寅蔵の女房のお仙が営んでいる縄暖簾《なわのれん》「江戸富士」の、上方《かみがた》風のうどんを気に入っている。

さて、文庫書き下ろし時代小説には、捕物帳のシリーズが無数にある。それだけに名探偵となる主人公の設定も、読者の興味を惹《ひ》くものにしなければならない。この設定には、ふたつのパターンがある。ひとつは名探偵を、意外な人物にする方法だ。岡っ引きや同心といった定番ではなく、別の職業に従事している人や、特殊な立場の人を名探偵とするのである。歴史上の有名人を名探偵にした作品も、ここに含んでいい。

そしてもうひとつの設定が、岡っ引きや同心を主人公にしながら、彼らに特別な属性を与えることである。江戸の岡っ引きの総元締めのような岡っ引き、特殊な武器を使う岡っ引き、実家が大富豪の同心、徳川家の血を引く同心……。いやはや、作家の創造力とは凄《すご》いものだ。とんでもない属性を彼らに与えることで、独創的な捕物帳にしているのである。作者にも、探索中の怪我が切っかけで、頭の中で織田信長の声が聞こえるようになった同心が、その声に叱咤《しった》激励されながら成長していく、「よわむし同心信長」シリーズがある。そのシリーズほどぶっ飛んではいないが、菊之丞の観相という属性も、なかなかユニークだ。

ちなみに観相とは、容貌や骨格から、その人の性質や運命を判断すること。菊之丞の師匠の水野南北は、江戸中期に実在した、観相の大家である。菊之丞の観相の力も優れたものらしく、それこそ一目で事件の犯人を見抜くことがある。また観相を応用して、荒事《あらごと》にも平然としているのだ。愉快な属性を考えたものである。

とはいえ、物語が面白くなければ話にならない。そろそろ本書の内容に踏み込んでいこう。全部で四話が収録されている。冒頭の「毒の戯れ」は、同心になったばかりの菊之丞が、毒殺事件に挑む。日本橋の料理屋で宴を張っていた旗本が殺されたのだ。だが犯人は、大勢の人がいる宴の席で、どうやって銚子に毒を入れたのだろうか。

というストーリーを見れば分かるように本作は、不可能犯罪を扱った本格ミステリーになっているのだ。ただし早い段階で、犯人側の視点が入れられている。犯人当ての興味は薄いのだが、そもそも菊之丞が観相で犯人を看破している。だから読者は毒殺トリックと、菊之丞たちがいかに犯人を追い詰めるかというポイントに集中できるのだ。

ところでミステリー・ファンならば、「毒の戯れ」というタイトルを見て、ある作品を思い出すだろう。そう、ジョン・ディクスン・カーの『毒のたわむれ』だ。ただし、毒殺事件を題材にしていることを除けば、特に共通点はない。ちょっとした作者のお遊びのようだ。

第二話「帰って来た相棒」は、最初に犯人側の犯行を書く、倒叙ミステリーのスタイルを採っている。今は平穏な生活をしている元盗賊が、強請《ゆす》ってきたかつての仲間を殺すのだ。偽装工作で事故死に見せかけた犯人だが、幾つかの不審な点から菊之丞は事件の真相に接近していく。そして犯人を捕まえるため、容赦《ようしゃ》のない方法を取るのだ。犯人の心理も的確に描写されており、倒叙ミステリーの面白さを堪能できる作品なのである。

第三話「鯉屋敷の怪」は、寅蔵の顔見知りのお雪という娘が、鼈甲《べっこう》問屋の大旦那・

助三郎の暮らす隠居所の女中に雇われる。しかし面接の段階から、何かおかしい。実際に女中になると、仕事が簡単過ぎるうえに、隠居所には開かずの間があった。

このストーリーは、ゴシック・ロマンのパターンを踏襲したものである。ゴシック・ロマンを詳しく説明するのは大変なので、ここではデュ・モーリアの『レベッカ』や、ヴィクトリア・ホルトの『流砂』のように、何らかの理由で新たな環境（主に城や館）で暮らすようになった若い娘が、恐ろしい事件に巻き込まれるタイプのミステリーだと思っていただきたい。

ただし本作の事の真相は、捕物帳ならではの意表を突いたものになっている。菊之丞のお雪に対する観相が、ある種の目くらましになっているのも心憎い。ゴシック・ロマンを一捻《ひとひね》りした秀作なのだ。

ラストの「奇妙な茶碗」は、骨董《こっとう》の目利きが殺される。不思議なのは犯人が、被害者の所持する高価な茶碗ではなく、二束三文の茶碗を持ち去ったことだ。いわゆる、不可解な謎である。ただし本作の不可解な謎は、二重構造になっている。

というのも最初の方に、犯人側の視点で犯行の一部始終が描かれており、なぜ二束三文の茶碗を持ち去ったか、読者には理由が分かっているのだ。しかしそれにより、なぜ骨董の目利きが、二束三文の茶碗を大切にしたのかという、新たな不可解な謎が生まれる。謎の真相もなるほどと感心したが、この二重構造こそが、本作の肝といえるだろう。

さてさて、ここまで各話を解説してきて、あらためて気づいたことがある。「本格」「倒叙」「ゴシック・ロマン」「不可解な謎」と、本書はミステリーのさまざまなスタイルを、江戸の世界に落とし込み、独自の捕物帳にしているのである。ここが本書の最大の魅力だと断言したい。

そしてこのような作品を執筆できるのは、作者がミステリーの大ファンだからだ。本書の中にも、菊之丞が寅蔵に、シャーロック・ホームズ張りの推理を披露するシーンがある。あるいは、ホームズ譚《たん》の有名な「赤毛組合」を意識した、愉快なシーンもある。作者のミステリー愛が、あちこちから窺《うかが》えるのだ。捕物帳ファンだけでなく、ミステリー・ファンも喜ぶであろう新シリーズ。今後、長く続いてほしいものである。

二〇二二年七月

この作品は徳間文庫のために書下されました。

徳間文庫

観《かん》相《そう》同《どう》心《しん》早《はや》瀬《せ》菊《きく》之《の》丞《じょう》

2022年8月15日 初刷

著者 早《はや》見《み》俊《しゅん》

発行者 小宮英行

発行所 株式会社 徳間書店

東京都品川区上大崎三−一−一 〒141−8202
目黒セントラルスクエア

電話 編集〇三(五四〇三)四三四九
販売〇四九(二九三)五五二一

振替 〇〇一四〇−〇−四四三九二

印刷
製本 大日本印刷株式会社

ISBN978-4-19-894750-7 (乱丁、落丁本はお取りかえいたします)